文治
© wénzhi books

フーガはユーガ

双子星

[日] 伊坂幸太郎 著

代珂 译

我感觉到自己正在挨揍,就在离我不远处。

那是我四岁,不,是满五岁的时候。

当时电视里放的是什么节目来着?我当时的确是在看着电视,就因为那个男人在隔壁屋冲我吼,说"你就在那儿看电视,不许过来",我就直勾勾地盯着电视,也不管它在播什么。我若胆敢稍微瞟上他一眼,马上就会挨揍。

谁会挨揍?

是我。

隔壁的那个我已经在挨揍了。

"妈妈,妈妈。"我在心里不停地呼喊,仿佛那是一种依靠。其实,即便妈妈在场,也不会有什么改变。

那个男人吼了一句"家里为什么没有酱汁",妈妈就冲出了家门。已经过去多久了?她若是去附近的便利店买,早该回来了。可能那里的酱汁卖完了，她又去别的店了吧。

她难道不是在消磨时间？因为她不想回家。

妈妈并不是能够依靠的人。她一直都装作视而不见，甚至还不耐烦地唉声叹气。可每当我痛苦的时候、感到害怕的时候，我还是会想喊妈妈，真是奇怪。

我不知道，那个男人现在是为了什么生气。我一直都不知道。

待我反应过来时，他已经把另一个我拽到了隔壁，开始踢踹推搡，并命令我"你就在那儿看电视，不许过来"。

身体不自觉地摇晃起来。是恐惧，还是慌张？我不知道自己的感觉是什么，只是在发抖。

"别打了——"我听到一句叫喊，声音来自隔壁。是那边的我喊的，我一样也在心中喊叫。

"喂，你不许看！"

我这才发现，自己已经忍不住站了起来，正盯着那边看。

隔壁房间里的我正在垂死挣扎。他拼命扭动身体试图逃脱，那人则将他摁住，骑在他小小的身体上。由于体形差距巨大，看上去就像是在撕一具玩偶。我，我将被撕碎？胳膊要被扯掉？

家里开始不住地摇晃。我一直盯着看，又挨骂了。我没听清他骂了些什么，只屈服于他高亢的声音，再次回到看电视的房间。

我看着画面，脑子一片空白。我想捂上耳朵，却动不了。

再这样下去，我就完蛋了。

救命！

我在祈求。我脑子里想的应该是在电视里见过的超级英雄，起初他是普通人的模样，可一旦自己或其他什么人身陷险境，他就会摆好姿势，口中高喊"变身"。一喊完，他瞬间就变成了正义的伙伴，利落地替我将敌人解决掉。

现实中并不会发生这样的事。

我的家里只有家人，谁也不会什么"变身"，不会帮我。

我不知道自己为什么那样做。

不知何时，我已身在厨房，站在妈妈经常站的地方，翻着橱柜。我拉开装调料的抽屉，拿起色拉油。我脱掉衣服，把油涂在身上。

我说到这里，面前的高杉问道："你是怎么知道的？"我早提醒过他在听我说完前不要插嘴，可能他没忍住？他和我差不多同龄，都是二十几岁，但看上去很老成。我低头扫了一眼摆在桌上的名片，上面写的是"电视节目制作公司"。他自称是"自由导演"，仙台人，平时住在东京，经常往返两地。他看上去脑子挺好使，言行举止中透出一股自负。可能他不满意我掌控了谈话的主导权?

"知道什么?"

"知道色拉油是滑溜溜的。"

"这点事当然能知道。"

"一个五岁的孩子,能认出色拉油吗?"

"谁知道呢!儿时记忆就是会在往后的日子里经历种种涂改。确实,我也不知道那些记忆是否属实。"

"抹色拉油的事儿是真的吗?"

"嗯——"我又提醒他,"刚才我也说过,我的故事里不光有对记忆的扭曲和粉饰,还有些故意捏造的地方,最好不要太当真。不过,油的事儿是千真万确。"

"哦?"高杉一边回应,一边对我投以冷淡的目光。

我又继续开口,内容大致如下。之所以说是大致,是因为口头表述终究无法做到详尽,多是说个大概,断句也不清楚。总之,我继续说了下去。

抹油的时候,我的脑子里只有一个想法,就是想救出隔壁房间的我,准确地说,是想跟另一处的我换个个儿。

只要我靠近就会挨骂,或者挨打、挨踢。我单纯地以为,如果我浑身是油,或许那人会因为手滑而抓不住我。就在那时,我听到了一种声音。

我耳朵里不住地震颤着,那声音好似飞虫扇动翅膀。我浑身战栗不止,好像被一层膜给裹住了。

我正疑惑,就发觉自己直挺挺地躺在了地上。当时我搞不清身体究竟是朝着哪个方向,所以也没能反应过来眼前就是地板,只是不知所措,嘴里不住地喊着:"咦,咦?"

我感到一只手触摸了我的身体。

"哼,你搞什么鬼?为什么……"

是男人的声音。本该在隔壁房间的那个人,现在就在我身边。我要挨揍了!恐惧在周身蔓延。

他呢?直到刚才为止,还在被这个男人殴打的我呢?

想跟另一处换个个儿的我。

我想起了自己刚才还在念叨的事。

我跟他换个儿了!

正想着的时候,那人就伸手要来抓我滑溜溜的身体。他没办法顺利地抓住我。这时我站了起来,我身上还穿着裤衩,一下子被那人抓在了手里。我一慌,心想破就破了吧,身子使劲儿一扯,得以挣脱。我跑到隔壁房间,发现另一个我就在里面。他愣愣地看着光着膀子浑身是油的我,满脸的疑惑不解。

"快跑!"也不知是我喊出了这句话,还是另一个我喊的。

我也不管现在自己是什么模样,直奔玄关。

男人在我身后怒吼着。他追了上来,我俩连鞋也来不及穿就夺门而出,冲向这栋仅有两层的廉价公寓楼的楼梯。

在我们身后,那男人摔了一跤,发出如动物般的叫喊声。

距离仙台市中心稍有段距离的一家大众餐厅里,我和高杉在一张桌子旁面对面而坐。我大约十分钟前到了,去了趟卫生间,出来后环视店内,走到高杉坐着的桌子边。然后他对我说:"谢谢你今天能来见我。嗨,我就是想一定得跟你聊聊。"

我轻轻挥手,拂去衣服上的水滴:"刚才在卫生间洗手时水放得太大了。"仙台并未下雨,从早上开始一直是大晴天,我这句随口而出的解释有些多余。

高杉的表情没有变化。可能因为他戴着黑框眼镜,容貌也很知性,所以看起来能洞察一切。我却感到恐惧,仿佛不知不觉地就会被他玩弄于股掌之中。

"高杉先生以前住在仙台?"这事他在邮件中跟我提起过,"那,你找我到底是为什么事儿呢?邮件里你写了有个神奇的视频想听听我的看法。"

"因为视频里有你呀,常盘。"

"为什么会……"

"该怎么跟你说起呢?"高杉捋了捋头发,"眼下我正在制作一档新节目,在找一些新奇的视频,我手下就给我发了这么一个视频。"

"你手下发给你的？内容是关于我的？"

"先不管那些了。你先看看，好不好？"

他从包里拿出一台笔记本电脑，打开，敲击键盘。

"视频有意思吗？"

笔记本电脑横在我与他中间，屏幕上视频开始播放。

我茫然地盯着画面，发现那是一个狭小的空间，是厕所。

"这是？"

"听说是商业街某家快餐店二楼的厕所，男女共用的那种。我快进喽。"

画面里出现不同的男性和女人坐在马桶上。我移开视线。我怕一看到那些就会被当成罪犯受刑。主要是，男的就别说了，即便是看见女的坐在马桶上，也根本没什么可开心的，只有不舒服的感觉。看着人们排泄时的模样，我可兴奋不了。

"这算什么新奇的视频，不就是偷拍吗？"我嘴上说着，心里希望由此充分表达出厌恶之情。

"又不是我拍的。不是告诉你了吗，是别人发给我的。"高杉似乎不喜欢被人质疑，我看见他整个额头都在微微抖动。

"视频提供者说——"

"提供者——"我注意到这个略显夸张的用词，不经意间跟着重复，"是男的吗？"

高杉没有正面回答问题："是碰巧出差来仙台的。在快餐店边吃饭边做事时,看见两个男的一起进了厕所。"

"两个人,进了同一个厕所隔间?"

高杉点头:"而且很久没出来,十分可疑。最开始那人怀疑是分赃或者毒品交易,走出店门才意识到,那可能是在安装偷拍摄像头。"

"因为厕所是男女共用的吧。"所以哪怕男性进去是为了做手脚,但行为本身并不会受到怀疑。

"那人不放心,第二天又去了一趟那家店。进厕所一看,果然猜对了,摄像头就装在摆放备用厕纸的地方,是那种拍摄内容可以保存在微型存储卡里的摄像头。"

"要是真不放心,当时就回去检查不好吗?然后摄像头就这样被那人带回了东京?"我实在是忍不住不去说。可以推测,那人其实是想看偷拍内容,在等待视频数据有所积累而已。"有没有送给警察?"

这个问题高杉仍未回答。"哦,是这里。"他手指着屏幕道。

我的视线也回到了画面上。

"这是你,常盘。"他笃定地说道。

画面里是坐在马桶上的我。拍摄角度自下往上,在我的斜前方。

"这不是侵犯隐私吗?"

"奇怪的是,你看上去并不像在方便。"高杉应该是指我坐在马桶上却并没有脱下牛仔裤。我呆呆地坐着，背弓了起来，但不像是在受腹痛折磨。

"我就喜欢在厕所里放松呀。像那样坐着，排解紧张情绪。"

高杉瞧不起似的看着我："别扯了。"

"先声明一下，我说的事情里有很多谎话和隐瞒的事实。"

"我就擅长识破谎言。"不一会儿，画面停止了。"看，这里。"

我察觉到高杉并未看屏幕，而是在看我。他在观察，不放过我的表情变化。

我忽然想到，或许此人活到现在一直都是这般观察他人。

高杉所说的"看，这里"是在指什么，我也明白了。定格的画面里，我的身体姿势和先前相比有了变化。我本该坐着的，现在却站着。

"而且，脸上有个创可贴。"

"刚才没有吗？"此时我本该承认了，不过，我还是想挣扎一下。

"刚才没有。"他将视频倒回了一些。坐着的时候我脸上没有创可贴，再往后的一格画面里，我突然就变成了站立的姿势。当我面向镜子时，可以看见脸上的创可贴。

他又倒回，播放，暂停，重复了好几次。坐在马桶上的我突然就站着了。

"难道不是视频少了一段吗？"

"一开始我也认为视频有问题。要么文件缺失,要么经过了剪辑。这种程度的加工,在如今这个时代太轻而易举了。可是,我让专家查过,结果是没有编辑过的迹象。"

"怎么可能?"

他注视着我:"我也有些难以相信,如果是真的,我不明白这究竟是怎么一回事。瞬间变成站立的姿势,一瞬间贴上创可贴,这是怎么做到的?"

"难说呀……"我打着哈哈,想到了风我。他是我的伙伴,我的双胞胎兄弟,一起在那种环境中存活了下来。"那你是怎么找到我的?"

"到仙台来,四处打听。"

"就高杉先生一个人?"

"好几个人。"

"你很闲?"这样一说想必对方要动怒,但我仍然开了口。

高杉似乎把我的话当作了耳旁风。"然后我们找到了你的一个朋友,很确定这就是你。"

"我可没什么朋友。"

"唉!"高杉叹了口气,好像很无奈。他一定很想说,你为什么要撒这样的谎?"你那个朋友替我联系上你,然后我们通过邮件取得了联系,所以才能在今天见面。"

"早知道就选一家更高档的店了。"

"我们各付各的。"

"当真？这不是电视台采访吗？"

"我可不是电视台的，只不过在一家电视节目制作公司干活儿而已。"

"原来是位前途可期的青年制作人。"

"你是怎么知道的？"高杉笑了，眼神却保持着冷酷。

"我就随便一说。"

"话说回来，"短暂的停顿后，高杉貌似诚恳地轻声说道，"今天我提前来仙台还真是来对了。"

"嗯。"我很快就明白了他想说什么。我拿起放在桌上的手机，打开一个新闻软件。东北新干线停运了，说是关东地区降雨引发了泥石流，导致大范围停电，列车无法运行。

"跟你约在这里见面是下午四点，我本想只要时间来得及就行。如果当时真的去坐时间刚好的那班，估计现在就到不了了。"

"哪怕坐一小时前的那班也到不了。"上一班也正停在半路，进退两难。

"可能我直觉敏锐吧。我坐了早班车，上午就到了仙台。本想着如果你能早点来，也可以把时间提前一些。"

"可惜我上午在打保龄球。"

"你这不是有朋友吗？"

"我是一个人。个人爱好。"这两年我老打保龄球。与其称为爱好，倒不如说，除了打保龄球，我其他什么也不会。专注于投出那颗十四磅[1]的球，这能让我不去胡思乱想。

"哦，"高杉似乎并不感兴趣，"你该不会还买了个人专用球吧？"他打趣道。

"有啊。"因为过于频繁地出入保龄球场，员工就向我推销了保龄球。考虑到每次都租的成本，我连鞋都买了。想到这里我一惊，我发现自己把球给忘了。

"怎么了？"

"刚注意到，球忘带了。"这听起来像玩笑，却是真的。

"保龄球？那挺重的吧，还能忘？落哪儿了？"对方表情夸张地回应着，却看不出任何真情实感。

我赶紧回想。我在保龄球场付完钱，然后走出大楼，那时候球还装在球包里带在身上，这些我还记得。

后来，我打算先回家把行李放下。我回忆着自己的行动，一点点摸索。

我想到一个把球包放在脚边的画面。我记得我坐下了，本想轻轻地把球放到地上，却听到咚的一声沉重的闷响，吓了自己一跳。我把球包往里推，塞在了两腿后面，然后就一直放在

---

[1] 保龄球运动中习惯以"磅"为重量单位来区分球的规格，十四磅约为六点四千克。

那里了。

"应该是在车厢里。"

"你坐仙石线吧？列车员发现它估计也挺意外，因为那东西挺重的。"高杉似乎已经对保龄球失去了兴趣，"今天呢，主要是为了聊聊这个。"他的视线回到笔记本电脑上，"画面里的人，是你。"

"那又怎么样？"

"我想让你给我解释一下视频里的事。这视频是假的吗？还是说另有玄机？"

"如果我的答案有意思，你会让我上电视吗？"

"那要看多有意思。"听他的口气，仿佛电视宣传的影响力全都听凭他驱使似的。

"那么——"我端正坐姿道，"就请听听我的故事，好吗？"

于是，我说起了色拉油的事，即便时时被高杉打断，我还是谈起了那个，也就是从我儿时起就有的经历。

☆

第一次对那个有了认识，是在成为小学生之后。真正意义上的第一次经历，是五岁时浑身涂满色拉油的那次，当时我并不明白发生了什么。另一个我——恐怕这个叫法也够惹人厌了，接下来我还是以"凤我"为名字来称呼他吧——凤我好像也一样,他后来也说过"意识到那个是在小学二年级过生日时"。

当时我在上语文课,汉字读写测验进行到一半时,我把"十本"两个字的平假名写成了"じゅっぽん",随后又歪起脑袋寻思这写法好像不对。我觉得一年级时肯定学过这个,于是抬头四处打量教室,想看看会不会什么地方写有答案。正前方的时钟进入视野,已经过了十点,大约十点十分的样子。正琢磨着,我就感觉皮肤一阵发麻,身体保持着坐姿动弹不得了。我在心里"欸"了一声,包括握着铅笔的手在内,周身有种被薄膜裹住的感觉。它没有静电那么强烈,也无痛感,正好前一天电视里播了被海蜇咬到后中毒的内容,我便迷迷糊糊地觉得就是那种感觉。正想着,面前就出现了一块黑板。

我坐在了黑板前。我慌忙起身,听见右后方传来一个男性的声音:"哎,你可别拿铅笔在黑板上写字。"

我身后的众人随即哄笑,笑声都砸在我背上。

我正手握铅笔面对着黑板。

用铅笔代替粉笔确实古怪,那样子应该很滑稽吧。不过我也有话想说。

刚才明明还在做汉字测验呢。

黑板上写着数字,是刚学过不久的九九乘法表。

忽然从语文课跳到了数学课。

是我睡着了吗,还是考试后的一段记忆没有了?是因为写不出"十本"的平假名,我自暴自弃了?哦,对了,正确答案应该是"じっぽん"。

"拿着粉笔。"这时老师走上前来,把手伸到我面前。

不对劲。

我意识到出错了,虽然我不确定是否应该称之为出错。隔壁班的班主任冈泽老师为什么会在这里?

我们班的班主任隆子老师不在时,他临时负责两个班,到我们班代过课,但隆子老师刚才还在班上分发汉字测验的试卷呢。

我正摸不着头脑的时候,冈泽老师说了一句话,那句话十分重要,它正好能作为证据来揭露事情的真相。

"风我,这九九表你要再记不住,可就不好办了。"

老师以为我是我弟弟。应该说,这里是弟弟的班级。

数学课下课后,我像急于浮出水面呼吸般冲上走廊,正碰着风我从我的班里过来。他的脸上满是无法掩饰的困惑,我应该也一样。

我们太过狼狈,以至于都说不出话来,只能拿手互相指了指对方的班级,又指了指对方的身体。

我们在不知不觉间对换了位置。

"这是怎么回事？"首先开口的是风我。

"这究竟是发生了什么呀？"

课间休息很快结束，我们回到各自原本所在的教室。我们只能带着疑惑回去，还要勉强说服自己，那是两个人同时搞错了教室。

不过，事情不止一次地发生了。

时间刚过十二点——现在我可以断定，那是十二点十分——我正在吃学校提供的午餐，那种被薄膜包裹浑身发麻的感觉再次袭来。

我正要把面包塞进嘴里，身体就僵住了，正觉不妙时，眼前就出现了不同的景象。虽然还在教室里，可我坐的位置不一样了。我刚咬了一口面包，面前的托盘里却还有一个。而且那些正负责将桌子拼在一起好让大家吃饭的同学，全是隔壁班的。

我赶忙从桌框里抽出笔记本，差点没把面包弄掉。确定上面的姓名写着"常盘风我"后，我陷入了恐慌。我虽然这样，脑子倒还算灵光。我估计，自己可能又和风我对换了。

"瞬间移动！"风我两眼放光地说道，"前不久，我看过的老动画里也有这样的。那人牙齿里有个按钮[1]……"

---

[1] 指日本动画《人造人009》。动画中的主角在槽牙处装有开关，可以用舌头触碰开启体内的加速装置。

"那是加速装置。"

那时候,我们放学后总是先在校门口碰头,然后一起走回家。

"到底是双胞胎,关系真好。"不知为何有些老师这样说我们,仿佛他们看见了什么美好的风景。也有同年级学生打趣,说我们是"一双鞋",或许是因为母亲嫌麻烦基本让我们穿一样的衣服吧。人们总把我们看作一对,说我们有美好的兄弟情谊!附近的有些邻居见到我们也面露微笑。其实不像大家所想的那样,双胞胎并不觉得彼此有多特别。在我们看来,那只不过是因为我们害怕独自回到被父亲的暴力和肆意妄为所支配的家而已。有好几次,没留神先回家的那个被父亲臭骂:"你到底是优我还是风我啊?长着一样的脸,真叫人恶心。"当然,两个人在一起,照样有被骂恶心、挨踢的时候,但至少可以分担痛苦,所以两个人一起还是比一个人强。

是的,分担。我们唯一有过的武器,无疑就是"分担"。我们能存活至今,可以说都拜这武器所赐。

语文课上发生的事——对风我来说是数学课——在吃午餐时也发生了。那之后,经常发生。

"优我,我弄明白啦。"风我得意扬扬地说道。

我能想象出他将要说什么。"是呀,每隔两个小时嘛。"

"哟嗬!"

"这点事我还是能看出来的。"十点以后那个发生了,十二点过后又再次发生,两点过后又发生了。

"现在几点了?"

他要说什么我能想象得到。他在担心接下来的四点过后。

或许那个时候,我们还不太理解"实验"这个词,但我们都想到了,既然那个还要再次发生,那就做好准备,试它一试。

我们回到家时,妈妈也在,今天她本该上班的。妈妈这样的时候一般心情都不好,估计要么是在做零工的店里又跟人闹矛盾了,要么就是因为爸爸的关系不得不回来,反正我们是舒服不了了。那天也一样,我记得当时进了家门打招呼,妈妈只是看了我们一眼,那神情好像在说:你们怎么回来了?

因为除了这里,我们无处可去。

我和风我放好书包,然后把闹钟摆在身边。

当时离四点还有三十多分钟吧,我们松了口气,又感觉等不及了,坐立难安。我记得应该是这样。我听人说过,记忆在被回想时都经过了加工。而我们最初的这次实验,在事情过后被回想过无数次,我已经很难分辨当时的场面是事实还是被夸张和修饰了。

我俩并未仔细计划。

风我只不过在四点左右去了有电视机的房间。因为如果事情按照我们所想的那样发生，我们应该尽量离远一些才好判断。

一不做，二不休，我决定要分开就分开得彻底些，不如找个跟风我完全隔离开来的地方，于是就进了厕所。

锁上门后我才意识到，在厕所里不知道时间具体是几分几秒，可是已经来不及了。我想这次就算了，只能老实待一会儿。

我感到有一股尿意，心想也没啥好忍的，于是坐在马桶上小解，又意识到如果现在这个瞬间位置发生移动，那尿可就撒得到处都是了，于是赶忙加快了排尿速度。就在我拉好拉链松了口气时，那个又来了。我感到皮肤微微发麻，全身被包裹着，然后视野里的画面发生了变化。

眼前是电视图像，我坐在地上。

耶！我几乎要发出欢呼声。

风我从厕所里出来，带着难以抑制的笑意，眼光闪烁地走近我说了一句："我替你冲掉了！"

我们为了分享喜悦而握住对方的手，那绝对是第一次。

"优我，不得了啊。我俩真厉害。"

"因为我们是双胞胎嘛。"虽然还是孩子，但我也在寻找逻辑和理由。

"我们用这一招能不能干点什么？"

"干点什么？"

"对付那家伙。"

我把食指放到嘴边。如果被那人听到，又将是惨痛的下场。哪怕他人不在家也不能松懈。有好几次，他一进家门就发出可怕的声音，说"你们一定在背后骂我了吧"，然后就对妈妈和我们动手。每当那种时候，我都忍着腹痛想，这人是不是装作出门的样子，其实藏在房里的床底下了呢？所以骂他的话，我从不说出口，而是在心里念叨着。

你问后来怎么样了？

晚上六点过后、八点过后都发生了对换。风我很单纯地为此开心，我却心情复杂。每两个小时对调一次，如果总这样，还有比这更令人忙乱的事吗？这也是个麻烦！

估计睡着的时候我们之间也发生了位置的互换。我想象过那种情况，又意识到当我俩睡在小而薄的被子里时，即便发生了，其实也跟睡相不好滚来滚去没多大差别。

就这样到了第二天，什么也没有发生。

☆

一天过去后，我和风我之间再没发生过位置的互换。在学校的教室里，我笑眯眯地等待着，心想快了、快了，就要对换了,最终还是在自己的座位上丝毫没动。我一次次地对着时间,十点多不行还有十二点,十二点也没动静,那么两点怎么样?我告诉自己,可能有延迟,可能时钟不准,但还是什么都没发生。每到休息时间,我和风我都在两个教室之间碰面,疑惑不已。回家后也是一样。我们一反常态地坐立不安,没事就出入厕所,看电视也心不在焉,一直是这个样子,直到在窄小的被褥里入睡前都没有放弃希望。

最终,对换没有发生。

"那是在做梦?"风我说。我反对说:"难道两个人同时做梦?明明我们都没睡。"随后又觉得,可能双胞胎真有这样的特质。

那事过后就被遗忘了,我们又过上了一直以来一成不变的日子。

"准确地说,我甚至可能并不明白那种生活是否算恶劣的。我以为日常生活就是那个样子。"

"那个样子?"高杉皱起了眉头。可能他想起了我最初提起的遭受父亲家暴的事。

"一直是那个样子啊。反复无常随时动手的爸爸,视而不见总在叹气的妈妈。我以为电视里常演的亲切的父母都是活在童话世界的。"

"嗯……刚才我没问仔细，借助色拉油逃跑的时候……"

"回过头来再想，应该说，那就是最初的关于互换位置的记忆。"

"不是这个，事后你们没受到来自父亲的报复吗？"

"当然有。"我真想回答他，这还用问吗？让我们钻了空子，那个人不可能平静得了。"虽然靠着滑溜溜的身子跑了出去，可五岁的孩子也无处可逃呀。最后，只能回家。"

那个男人或许因为明白发生了什么而慌乱了，但也更加愤怒了。他抱起半裸的我快步走进浴室，狠狠地把我扔进了浴缸。我记得头部一阵剧痛，连呼吸都困难了，就在那时，莲蓬头里的水浇到了我身上。其他我都忘记了，因为那样的暴力都是家常便饭，早都跟别的日子、别的疼痛混在一起了。

不知是出于同情还是不舒服，高杉的脸色很难看——当然也可能是施虐的快感。"然后呢？"他问道，"那个……互换位置的情况之后就再也没发生过吗？那究竟是怎么回事呢？"

"不，发生了呀。所以才，喏——"我说着伸手指了指他的电脑，"刚才的视频就是我跟弟弟对换的时候。你不就是为了弄明白它才来的吗？"

"不，怎么可能……"高杉的脸抽搐了一下，"确确实实，这段厕所偷拍视频里的人在瞬间直立，脸上突然出现了一个创可贴。如果视频未经编辑，这些是怎么做到的呢？所以我才来找你。本打算如果能听到什么有趣的内容,就拿来制作成电视节目。可意料之外又之外的是,画面里竟是一对双胞胎瞬间跨越空间对调了位置。"

"意料之外又之外"这种说法引起了我的注意,我也跟着念了一遍。意料之外又之外究竟是种怎样的境界呢?"我刚才说到哪儿了?"

"说到你们期待第二天还会发生同样的事,可是并没有。"

"瞬间移动。"我刻意选择了这种容易出现在少年漫画里的词,因为我觉得反正也没人信,同时我也想给对方留下深刻印象。"不过,就在我们快把那事儿忘了的时候,它又发生了。"

"瞬间移动?"

我点头。

当时还是在学校。体育课时间,我在操场上。我好像正在听老师讲解,因为接下来要做单杠动作,是单腿跨杠前转还是后转来着?广尾正在做示范。他是排球队的,运动神经好,在学校里也是爱出风头的人物。因为他头发顺滑,风我就经常愤愤地说他:"那家伙,肯定是用了护发素。就知道耍帅。"很久之后我们才明白,除了我们,大部分人都在用护发素。只见广尾神态自若地转了一圈,然后还像平常那样装模作样地来了一句:"这东西很简单。"这应该没错的。因为广尾总是那么装模作样。我还记得一件事,就是脏棉球又像平常那样出洋相了。

"脏棉球?还有这样的名字?"

高杉对每个细节都要过问。我有些不快,不过还是应道:"真名不记得了,'脏棉球'是绰号。"

"该不会是因为他吃过脏棉球,所以就被人起了这样的绰号吧?"

"那还能有什么别的原因吗?"我嫌烦,就面无表情地回答。我回想起脏棉球那张饭铲一样扁平而苍白的脸。他话很少,从上学到放学,几乎不跟任何人说话,只是在教室角落里读书,在班上是个碍眼的存在,或者应该说是被同学们无视的人。上小学时,我见他被同年级的同学戏弄,心里老想,他为什么不多反抗一下呢?

总之,那应该是在脏棉球摔下单杠、班上同学大笑、广尾还故意朝他身上撒了把沙子的时候。

那种感觉,那个,又来了。皮肤震颤,全身发麻发抖,像被薄膜包裹着。

回过神时,我已在教室里。

迎接我的是一阵炸了锅般的哄笑,我被这如爆炸般的声音吓到了,险些蹦了起来。

"风我同学,你为什么……穿着体育课的衣服?!"那时候的老师——不是我的老师,而是风我的班主任——瞪圆了双眼,指着我,"什么时候换的?大变活人?"他嘴真碎。

又发生了。我下意识地看了下时间,十点十分。

风我在课后来找我碰头,瞳孔里都在闪光。"发生了!"

"是。那个又发生了。又一次。"

他的情况也差不多,等于是忽然穿着平时的衣服站在单杠前,班上同学看到他这样也很错愕。老师也茫然地看着他问:"你什么时候换的衣服?"

所以当天,我们每隔两个小时就发生一次瞬间移动,互换位置。

"这下子终于真正掌握啦。"风我在睡觉前这样说道。

"可是,这样也有麻烦呀,不好办。"如果正上厕所时它发生了呢?如果正在看非看不可的电视节目时它发生了呢?如果肚子已经吃饱却又不得不风我的那份饭给吃了呢?我脑中浮现出很多场景,心想这多少,不,应该说这十分麻烦,担忧和郁闷占据了上风。

"优我,总有办法的。"他一如既往地乐观,"双胞胎们对这种事肯定早都习惯啦。"

"所有双胞胎都这样吗?"

"难道不是吗?"

而到了第二天,又是什么都没发生。我心中的石头落地,风我却很气愤。

"那究竟是怎么回事呢？不定期发生？"高杉歪着脑袋。虽不知道他对我的话有几分当真，但兴趣是有的。

"生日。"

"嗯？"

"我记得应该是上初中的时候，风我提出一个假说。提出假说听上去有些夸张，总之就是他提起的。他说，我们之间的那个，是不是每年一次，只发生在生日那天？"

高杉听完把笔记本电脑屏幕转向自己，脸凑上前去。"嗯，九月六日？"他说。他应该是在看快餐店视频的拍摄日期。

"不过官方日期是十月十号。"

"生日还有官方和非官方的吗？"

"我觉得，我父母大概是拖到十月才意识到还得去办户籍手续。"

究竟哪天出生的？就十月十号吧，好记。

高杉像看傻子似的看着我。"办户籍是需要交出生证明的，医生和助产护士给开的那个。"

"我妈是在家生的，因为没钱。估计产检也没按时去吧。"我说。我认为这些事情要不带感情地说出口才好。因为不明白父母究竟哪些事情做得合乎常规、哪些相反，导致我不知道该以怎样的方式表达。"反正,我们的生日不是十月十号的可能性是有的。不过,我们还有一个重要的证词。"

"证词?"

"那个人……"说到一半我又改口,"我爸爸,"我继续道,"他经常说一句话,从前就是。他说,你俩出生的时间差了两个小时。"

准确来说,他是这样讲的:"你俩出生时很磨蹭,可费事儿了。两个小时啊!两个小时,都够看场电影了。"我妈生我们,是在那栋小公寓楼突然发生的,我爸毫无疑问是不在场的。可他说得仿佛自己就在旁边一样,当然也是骗人的。不过,他有可能是从我妈那里听说了"两个小时"的描述,所以才说我和风我的出生时间相差两个小时。

"所以,那个发生的间隔时间才是两个小时。"我说道。

"相差两个小时出生的双胞胎,每隔两个小时,就瞬间移动?"高杉此时终于有些不耐烦了。

"谁先出生的,谁先冒头的,妈妈并不知道。她在家生孩子,也顾不上那么多了吧。所以,让我做哥哥,风我做弟弟,也只是图个方便。"

"搞不好,是我先出生的呢。"风我说。那种事已经没人知道。所以,或许是为了对上时间,才要在生日那天每隔两小时重调一次?高中时风我这样说过。

哪个先出生的，哪个是哥哥哪个是弟弟，所有的正确答案都没法知道了，所以就在生日那天，让两个人每隔两个小时对换一次，抹掉时间造成的误差，难道不是这样？

有什么必要抹掉误差呢？而且，是谁想这么干的？我头脑里有好些疑问，不过也觉得风我的想法不无道理。

反正从那之后，每年生日时，我和风我都要经历这种瞬间的位置对调。

"那个只在生日那天发生，能确定这一点对我们是有利的。"

"为什么？"

"因为可以提前准备呀。两个人可以提前一天商量好，在瞬间移动发生时要做怎样的尝试、要注意哪些事情。我们也算是通过失败找到了解决方法，经过反复尝试后也定下了规矩。"

"规矩？"

"一开始只定了两条。"

"最好不要在那个时间和女人亲热。"高杉的表情丝毫没有改变，冷冰冰的，让人觉得就连跟女人亲热时他的眼神也一样冷峻。

"那条规矩是更晚些时候才定的。"

"哦。"

"第一条是生日当天尽可能穿同样的衣服。然后是那个发生的时候，尽可能躲到不惹人注意的地方。厕所隔间是最佳选择。"

"有道理。"高杉应道。我连他对我的话是否真感兴趣都无法确定了。他甚至还掏出手机检查邮件，然后冷不丁来了一句："哦，对了，你的保龄球没关系吗？"

"啊？"

"你不是落在地铁里了吗？不用打电话吗？"

"往哪儿打呢？"

"打给仙台站，那里总该有失物认领处吧。"

我想象着乘务员拿起保龄球，嘴里抱怨着"怎么偏偏是这么重的玩意儿"，将东西搬到失物认领处的样子。

"算了，没事。总有办法的。"我说。

现在可没工夫管那些。

我觉得，我们这种瞬间的移动，虽说是眨眼间，可毕竟实实在在地调了个个儿，所以在周围人看来，或许会有明显的破绽。因为对调时，虽然位置是相对固定的，但我们并非保持着完全相同的姿势。比如说，自己若正站着，那么移动后也还是站着的，自己若是坐着，也仍然是坐着的。也就是说，假设有人目击了站立的我跟处于坐姿的风我对调，应该会感觉原本站着的人一下子就坐着了。事实上，最初在校园内发生的那次移动就是这样，当时我就面对黑板坐下了。

经过数次尝试，我们搞清楚了一点，就是那个发生时，周围的人会在一瞬间动作停止。正常情况下几乎难以察觉，得录下视频逐帧播放才能勉强看出来。但人们确实会静止。初三我们生日时，风我不知从哪儿借来一台摄像机，我们通过实验和分析明确了这一点。所以，从物理角度来说，我们出现和消失的瞬间或许无人能看见。

动物也会静止。给猫呀、狗呀录下视频再回放，可以发现它们也停止了动作。

无机物不会静止。

一开始，我们并没觉得这件事有多重要。只觉得有这么回事，生物之外的东西不会瞬间静止，这也说得通。不久又发现，它其实隐藏了一个严重的问题。

假设我正在坐出租车吧。车在行驶，那个发生了，我被传送走了，风我跟我对换。在那个瞬间，驾驶员静止了。可是，那辆车本身和周围的车辆还在保持着运动。驾驶员静止的时间可能很短，不足一秒，甚至还要更短。但开车就是这样，哪怕一瞬间的走神都可能导致事故。

传送时尽量躲进厕所的规定早已有了，我们还在此基础上达成了协议，有时候即便无法做到这一点，也要尽可能地避免乘车。

最可怕的是自己开车。因为如果我和正在开车的风我对调，我可没自信瞬间把手脚分别放到方向盘和油门上，配合当时情况进行操作。

所以，高中毕业后，我虽然拿了驾照，但基本没碰过车。

我们进行了很多次尝试。

一年仅有一天，且每隔两个小时才有一次机会，所以我们详细地计划，并定好了要尝试的事项和要确证的事项，并且逐一进行了验证。

传送到达的位置几乎与对方先前所在的位置完全重叠。刚才我也说过，位置虽一样，但姿势并不会一致。

手里拿的东西也会一起传送过去。如果拿的是咖啡杯，咖啡也会跟着一起移动。互换位置后，基本上都会洒掉。

哪怕把自己绑在柱子上，也会被传送走。不过，传送来的那一方并不会被绑住。想通过抓住什么来防止移动是没用的。

这能有什么用？

或许有人要问了，这样的移动有什么意义呢？

不知道。我们也只能这样回答吧。

就好像有些人在某一种花粉变多时，就会打喷嚏和流鼻涕一样，它是一种类似身体特质的东西，并不理会我们是否需要。我们只有去习惯、去磨合，在此前提下继续生活。

话虽如此，对我和风我来说，它却是一股巨大的力量。

滥用暴力、脾气暴躁的父亲，只顾自我保护、对父亲言听计从的母亲，狭小的廉价公寓，不变的食物、不变的衣服，二人共用的文具，没有游戏机也没有智能手机，这样日复一日，只能让人的情绪越来越负面。虽然对我们来说，这些都是理所当然，这才是生活的常态，但在这中间，哪怕只能每年一次，去做些不同于旁人的特别的事，就是我们精神上的救赎。

我掰着手指头，焦急地等待着生日的到来，在前一天和风我兴奋地计划着第二天要做什么。可以说，正因为有了这样的生日，我们才能活到今天。

自小学二年级开始，我们便意识到特殊生日的存在，它来找过我们十几次。我们的规定也随之增加，比如说在互换位置后，要全力伪装成原本在那里的另一个人——我传送到风我那里时，一言一行都要完全符合风我，反过来也一样。若不这样做，会招致很多麻烦。另外，对换后的经历要尽可能地相互汇报。

迄今为止，我们的生日里，有过奇妙的经历，有过愉快或不愉快，也有过恐惧。

我想从中挑几个说一说。

首先，就从和同班同学脏棉球相关的一件事说起吧。

☆

很明显，脏棉球的地位在同年级学生里处于底层。他身穿早已褪色的衣服，让人看见就想打趣问他究竟洗过几千回了，用的文具也很旧，让人直想问他买了多久了。我们家也和"富裕"呀、"殷实"呀这样的词无缘，穿得也破，却不像脏棉球那样身处底层，应该是因为我们和同学之间有所交流。我们各自还有着明显的长处：我学习好，风我运动能力强，这必然也是理由之一。而脏棉球什么长处都没有，他话少，似乎也无意和周围人处好关系，只知道读书。要说他也是无害，可就是有人愿意盯上这种无害的人。

广尾就是这样的人。

刚才聊单杠时也有他，就是风我嘴里那个"用了护发素"的广尾。

他是班级里的中心人物。如果整个年级存在种姓制度，那他的地位就等同于婆罗门[1]。看起来他十分享受每一天的校园生活，完全活在跟我们以及脏棉球相对的世界里。永远有朋友围绕在他身边，他和女同学的交流也很活跃，还深得老师信赖。

"你见过广尾家是什么样吗？"我不记得是哪一次，风我

---

1 印度种姓制度中，地位最高的种姓便是"婆罗门"。

讶异地告诉我,"我们这栋楼都能装下,就有那么大。"

"大不代表就好。"我嘴上这样说,心里却像吃了酸葡萄一样。我家不但狭小,环境也很差,没有一点能赢得过他。"那小子他爸是干什么的来着?"

"他爸有好多栋楼。"

为什么有楼和有钱是相关的,那时候的我还不理解,只是单纯地接受了这个现实,觉得既然能有很多栋楼,那么有个大宅子住也不是什么怪事。

广尾经常找脏棉球的麻烦,他聊这些就像聊英雄壮举一样。比如让脏棉球吃灰他就真的吃了,把他关进女厕所,等等。那些觉得好玩的同学就聚集到广尾身边。

以前我读过一篇报道,封闭的空间、充裕的时间是促生霸凌问题的主要条件,万万没想到学校正是这样一种地方。

为了将来考大学,广尾已经开始在一所辅导名校补习,这种公立小学的课程在他眼里就是儿戏,上学也十分无聊。他为了打发时间,也为了让自身地位更加稳固,就抱着随便玩玩儿的心态,开始欺负脏棉球,之后愈演愈烈。

脏棉球在课桌前坐得好好的,他偏要故意去撞;有时还故意把脏棉球的东西藏起来,这些已经成为每日必修课。在我看来,那些可以被列入校园霸凌的事儿,广尾几乎干遍了。

我和风我没有参与欺负脏棉球,对他也没有特别地同情。

风我对脏棉球并不认可："不管别人对他做什么他都不反抗，一副呆样，那是他自作自受。"

这跟自作自受完全是两码事。

我表示反对。脏棉球并没干涉别人，他只不过是在那儿一直承受别人的攻击，飞来横祸也不过如此吧。

不过，我心里同样丝毫没有同情脏棉球的意思。光是我自己每天的生活、家中的紧张气氛和暴力就已使我精疲力竭，我可没心思去担心别人。

升初中后我们卷进脏棉球那个事儿，完全是因为那时候碰巧撞见了而已。

那是上初二的时候。

我们当时参加了学校足球队。跟风我比起来，我不怎么擅长运动，不过我喜欢两个人在一起踢球的感觉。

周六、周日队里没有活动，我俩就早上出门，在外面一直混到晚上。那个家，能不回就不回。上小学时我们还傻傻地以为只能困在家里，上了初中才开始明白，哪怕他骂我们，只要跑出了那个家，就由我们自己做主了。

更何况，我们还找了个好活计。

那是若林区的一个废品回收店。店门口只挂了块"废品再利用"的招牌，挺抽象的，也让人不放心。再加上女老板是个来历不明的人，就更让人不放心。她很刻板，有次人家抱怨"说不动"她，她却小声嘀咕着"管你什么不动还是岩洞"，跟人家玩起了文字游戏。自那次被我们听见后，我们就管她叫"岩洞大婶"。做废品回收必须得有回收商许可证，岩洞大婶并没有，所以她的店应该也不是什么正规的地方。

管他什么正规不正规，能在那儿干活儿，我们就很感激。

岩洞大婶开着她的小货车，带着我们四处回收废品。干活儿出力，然后获得等价报酬，这也有利于我们的精神发育。有时还有客户跟我们说谢谢，这在家里难以想象。

岩洞大婶虽然刻板，但并不可怕。一开始的时候，面对才上初中就想出来干体力活儿的双胞胎，她可能抱有警戒心理，不过仍然愿意让我们成为她的正式员工。

对于老太婆来说，我们应该也算是不错的劳力，又便宜又能干。

岩洞大婶跟我们讲话几乎全是说工作上的事儿，什么出去干活儿啦、把这个那个搬一搬啦、辛苦啦之类的，不过偶尔也会闲聊和调侃。有一回，她嘀嘀咕咕地指着风我道："风我？"然后又指着我来了一句："优我？"Who[1]喔？You[2]喔。亏她

---

[1] "风我"的"风"的日语发音与英语中的"who"接近。
[2] "优我"的"优"的日语发音与英语中的"you"接近。

能想出用我们的名字谐音硬编出这个的花样来。有个音乐老师提过，音乐里有个名词叫"赋格"，译自拉丁文的"Fuga"，而风我的"风"发音与英文"Who"几乎一样。还有人提起以前一部动画片里有对双胞胎，会使"二神风雷拳"，其中一个人的名字发音也跟风我的一样[1]。至于英文的版本，那还是头一回。既然我至今还记得，那说明还是有些意思的吧。

跑题了。刚才说到哪儿来着？

哦，对，脏棉球。

当天我们干完回收废品的活儿，很不情愿地走在回家的路上，那速度，即便不能说是老牛犁田，也足够磨蹭了。

"那是什么呀？"

我注意到风我手上拿着一个玩偶，差不多有篮球那么大吧。他若无其事地抓在手里，仿佛拎着一只便利店的塑料袋。

"是只白北极熊，扔在大婶店里的。"

"哪里白啊，那是红的。"可能它曾经是白色的吧，可现在不但脏得泛黑，而且从头到脚都染上了红色，斑斑点点的。"是沾了颜料？"

风我把熊举到面前。红色斑点有的浓有的淡，可能因为都

---

[1] 日本动画《北斗神拳》中，有一对双胞胎兄弟分别叫雷牙和风牙，其中风牙的日语发音与风我一致。

干了的关系吧，弄得熊身上四处起毛。"好像是血。"

"瞎说什么呢。"我说着，同时又觉得那玩偶身上的红色斑点确实像干涸后的血迹。

"应该不是这家伙流的血吧？"风我盯着北极熊，继续着他的胡闹，"有没有哪里痛痛呀？"

"你到底打算怎么处理它？"

"大婶跟我说，它看着怪恶心的，让我找地方扔掉。"

"那你倒是赶快扔啊。"

"我正想着该往哪儿扔呢。扔到这附近的话，最后还是会被人捡到送到大婶那儿，大婶再捡回去。"

哪有那么巧的事，我笑了。我注意到风我一只手抓着玩偶，另一只手上捏着个什么，正对着玩偶戳来戳去，就问道："那是什么呀？"

"喏，这个，钉子。"

"钉子？"就算那是玩偶，你拿钉子扎它心里不感觉到痛吗？我感到一阵厌恶。还需要问有没有哪里痛痛吗？当然是被你扎的地方痛痛啊。

"这个原本就扎在里头，是我拔出来的，拔完发现它身上破了个洞，棉花都跑出来了。可能钉子是用来堵棉花的吧。"

"那不就是因为先扎进了钉子才破了个洞吗？这熊怪恐怖的，扎着钉子，还浑身是血。"

这片学区地新开发了一块住宅区,里面有两栋高层公寓楼,我们决定从那里穿行过去。因为很多同年级的同学都住在那儿,如果能碰着谁,又可以打发一些时间。我们没什么特别要好的朋友,跟所有朋友都只在表面上维持着所谓的"班级同学"的关系,不过这对我们很重要,因为我们需要接触另外的世界,不同于那个黑暗之家的世界。

"嘿,那是脏棉球。"风我说道。他正朝公寓楼旁边看去。

在公寓楼入口的不远处有一间简易房,可能是开盘时开发商用来办公的。

几个少年的身影消失在了房子后面。能看得出那是跟我们差不多大的初中生,但看不清是谁。

"刚才那是脏棉球吧?他真是连节假日都没好日子过啊。"风我似乎看清了对方的长相。

"脏棉球家是住在这里吗?"

"这里可是中产阶级居住地。那小子家应该更破吧。"

跟我们一样,这就没有刻意说出口的必要了。我们并不能正确理解"中产阶级"这个词的意思,但除了我们自己,其他大部分人在我们看来都是中产。资产上也好,精神上也罢,都比我们富裕。

并不是我们同情脏棉球,想去偷瞧简易房后面的情况,而是我们想拖延回家的时间。其实我俩觉得只要能打发时间就好,并不需要什么理由,我们也常常那样做。可毫无理由和目的地消磨时间这事本身就比较无聊,所以我们总是在寻找借口,一个让我们可以不用回家的借口。

我们借着简易房的掩护悄悄窥探,发现脏棉球确实在。他像个送比萨的,双手抱着一个盒子,脚边还有一个大型家电连锁店的纸袋子,盒子应该是从里头拿出来的。

脏棉球面前站着三个少年,正是同年级的"婆罗门"广尾和他的伙伴们。

"放假的日子,又是在学校外头,就放过他不好吗?"风我颇难理解地说道。

"可能是刚好碰上了。"

"脏棉球手上拿的那个盒子是什么呀?"

"可能是电脑吧。"

我勉强能看见,盒子上除了厂商名称外,还印有"Note"的字样。

说时迟,那时快,广尾已经把盒子夺到了手里。他动作太快,脏棉球没反应过来,只得赶忙伸手,让对方还给他。

"太受打击了。"风我小声咕哝道。

"什么呀?"

"能买得起电脑,那小子其实是有钱人家的孩子呀。竟敢骗我。"

我心想，人家又没打算要骗你。"或许吧。不过也许是他通过拼命努力才得到的呢。"

"拼命努力？偷来的吗？"

要是我俩可能做得出来，不过脏棉球恐怕不是那种人。"比如拼命存钱什么的。"

"有道理，"风我说，"结果却被广尾就那么夺走了。"

"不好说。"如果真的动手夺走，广尾的立场就很明显了，他将成为掠夺者。说到底广尾本身并不缺钱，也没有必要冒风险去把那台电脑抢到手。"如果我是广尾的话……"见我开口，风我紧跟着说道："可能会把电脑砸到地上，故意弄坏吧。"

我们猜中了。伴随着一声响，盒子掉在广尾脚边。广尾假惺惺地喊道："哎呀，手滑啦。"其他两个人附和的笑声，听起来就像草丛在风中摇摆窸窣。平时几乎不说话的脏棉球终于轻轻"喊"了一声，慌忙捡起盒子。就在这时，广尾又十分无聊地喊道："脚滑啦。"一脚踢在正俯下身的脏棉球头上。或许是初中升学考试失利的原因吧，广尾的攻击性比小学时更强了。

"真是逆来顺受啊。"风我笑了，我却笑不出来。

不管脏棉球最终结果如何，总之我对广尾等人很是气愤。

风我对我的内心波动一直很敏感，他立刻问我："优我，你该不会在想什么不该欺负弱者之类的事儿吧？"

心里怎么想，那是我的自由。"不是，脏棉球我并不关心。"

如果他受不了眼前的境况，就该自己想办法解决，"不过，看到有人倚仗力量为所欲为，高高在上……"

"广尾可没多大力气。"他虽参加了排球队，也挺活跃，但肌肉力量并不十分出众。

"不光是臂力，力量有很多种。"

钱财、权力、人数差距、人脉运用……能使自身比对方处于优势的力量有太多种。

哦，那倒是没错。

风我的声音忽然变得冷峻，刚才玩世不恭的态度有所收敛，语气严肃。我知道原因——凭借力量控制弱者的人我们家也有一个——就是那个人。

那个人既恐怖，又是我们憎恨的对象。在风我眼里，广尾的形象可能正与他相似。

"我是没什么心思去帮脏棉球……"风我的手上不知何时多出一块石头。

"喂，风我！"

"但是我讨厌想要摆布别人的人。"风我说着，手就挥了出去，左手中的那个玩偶随之来回晃悠。

"别。"我说。但我也不知道这声阻拦是否真的发自内心。

风我在这种时候根本不去考虑后果。他只活在当下，是现在进行时。如今说着话我才意识到，那我自己呢？我可能总去关注过去和将来的事。或许我的作用就是去关注风我不在意的那些地方，去偷偷窥探和警戒。假如我比风我早死，恐怕也会因为担心风我以及往后的事情，一定要守在某处继续观望着他才甘心。反过来呢，如果风我先死了，恐怕只会丢下一句"优我，往后你要努力过上快乐的生活呀"，然后迅速离去。我弟弟比我矫健多了——这是我介绍风我时常说的一句话。不管什么时候，他总在引领我。

广尾发出尖锐的惨叫声。石头完美地击中了他的后脑勺。

现在可不是高声庆祝的时候。风我很欢喜，我则立刻拉着他往后跑。

"是谁呀！"背后传来他们的喊叫声和跑步声。

我在焦急中差点绊倒了自己。我并不是害怕他们，没有谁比家里那个人更可怕，我只是讨厌事情复杂化。跟同一个学校的同一个年级的人起冲突，没有好处，只有坏处。我还是希望至少在学校的时光能够安稳度过。

风我虽然一直在笑，不过还是听我的话，来回甩着手里的那个玩偶拼命地跑，最终跑进了公寓一楼的大厅。

"石头多危险呀，"我双手叉腰，调整好呼吸后指责他，"而且还打头。"

"没事儿，没事儿。"风我边应和边发出愉悦的笑声，"你听到那小子惨叫了吗？他一定没想到会有人从背后偷袭吧。有那么一瞬间，他都傻愣住啦。"

"换作谁，那也……"

"真痛快。"

"但你那样也改变不了什么。"广尾不可能反省，对脏棉球的霸凌也不会因此而终止。

"管他那么多呢，我们自己出了气就行。"

我们？这事儿把我跟他混为一谈可不好，不过我也没那心思去反驳。

我们走出大厅，正碰上广尾等人东张西望不知往哪儿去好。

"哟！"还没等对方开口，风我就抢先问道，"哎呀，你这是怎么啦？脸色这么难看。"亏他脸皮能厚成这样，不过我也只能跟着附和道："出什么事儿啦？"

"你这是怎么啦？满脸让人用石头给砸了的表情。"——风我强忍着想说出这句话的冲动。

"有人拿石头砸我。"广尾摸着后脑勺。

"真的假的？我看看。"风我眉头紧皱，不过那应该是在强忍笑意。他转到广尾身后，发出同情的声音，"哎呀，这都出血了。到底谁干的呀？"说完又补了一句，"走啦。"就拉着我离开了。

我们走出公寓小区，碰上了脏棉球，他手里还拿着刚才那个家电连锁店的袋子。

"哎哟，那是什么呀？"风我故作夸张地跟他打招呼。他摆弄着手里的玩偶，指着那个袋子问道，"是电脑吗？"

脏棉球看了看风我，又朝我瞥了一眼。那个诡异的红色北极熊，他没管。

"怎么啦？认不出谁是谁，迷糊了？嗯——我是优我，那个是风我。"

还没等我说出"骗人"俩字，脏棉球就咕哝了一句："反了吧。"

"哟？你知道啊。"

我和风我的外表看上去几乎一样，也没有痣或者伤疤之类的记号，一眼看上去很难区别。

"讲话的口气。"脏棉球面无表情地说道。

"别瞎扯了，我们可没怎么跟你讲过话。哼，不过你猜对啦。我是擅长运动的风我同学，这个是擅长学习的优我同学。"

"我弟弟比我矫健多了。"——这句话从我脑海闪过。

"那是你们自以为的。"

"你什么意思？"

"同卵双胞胎的基因构造是一样的，而运动和学习基本上受遗传基因的影响很大。如果其中一个人运动好，另一个人应该也好，只是你们单纯地以为自己不行而已。可能是潜意识里想在两个人之间制造一点区别吧。"

"嘿，"我开口道，"脏棉球，原来你挺能说的呀。"

"那可不是我的名字。"

我们一起走了一阵，遇到一个背书包的小女孩。

她站在路边四下张望，似乎在烦恼该往哪儿走，脏棉球、我和风我都斜眼瞧着她，并打算从旁边走过。

最先找她说话的是风我。他本是对别人没兴趣的人，居然开口问她："你干什么呢？"这让我很意外。

后来我问风我原因，他只说是"一时兴起"，并叹息说"当时如果不跟她说话就好了"。他说的一点没错，我们谁都没想到，跟那个小女孩之间的几句简单对话，竟深深地扎根于我们人生的最深处，并永远地留存下去。

小女孩说："我跟妈妈吵架，离家出走了。"

"背着书包？"我忍不住问了一句。

"因为明天还想去学校。"小女孩说话条理清晰，有点小大人的感觉，"哎呀，别管我。你们是萝莉控吗？"

"这个送你。"风我把他一直拿在手上的红色北极熊塞到她胸前。他不会是因为小女孩的那句话而动怒了吧？

小女孩起初以为那是个可爱的北极熊玩偶，就接了过去，但很快发现它身上如流血般的红色实在诡异，惨叫了一声。玩偶随之掉在地上。

"你拿好了。这是你的护身符。"

"护身符？就这个？"

"不管出现什么可怕的东西，它都会保护你。这是魔法玩偶。"

"就这个？"

"这可不是普通的玩偶。它一直替人们吸收掉可怕的东西，所以才变得这么破烂哦。它是替你挡灾的。"风我强忍着笑意，满口胡言。

我们继续往前走了一段，再回头看时，小女孩还抱着玩偶，一副不知该如何是好的表情。

"你净瞎闹。"面对我的责备，风我似乎并没放在心上，反而高声大笑起来。

风我并无欺凌弱小的嗜好，可能他想通过这件事，让平日里那些一团糟的心绪得到释放吧。

我也没打算再折回去跟小女孩解释，我嫌麻烦。

谁能想到从那以后，我会永远记得当时的事，并且一直带着悔恨。

"电脑还好吗？"风我问。

脏棉球没作声，短暂沉默后看了我一眼。

"刚才你被广尾他们拦住了吧？"

"有些你不想见的人，总会在你不想见的时候出现。"

"如果那个不想见的人就生活在自己家里,那也够受的。"

听了我的话,脏棉球又看了我一眼,但也没特意回应什么。

"我说你,就甘愿这样一直被欺负吗?"

"我没被欺负。"

"你被欺负了呀。对了,你还买得起电脑,原来你是中产阶级啊。你这个骗子。"

"我怎么就是骗子了?这可是我好不容易才买来的,身上所有的钱全用上了。"

"如果坏了,你得去找他们赔。"

"这……"

这时我插嘴道:"还是抱着枕头哭?"那段时间,我和风我经常把这句话挂在嘴边。

"反正他们也不可能赔我,只会让事情更麻烦而已。"

"我表示理解,结果或许就是如此。不过,像你这样一味地受欺负,难道就不气愤吗?"听我这样说后,脏棉球来回看了看我和风我,然后开口道:"常盘同学,因为你们是两个人。"

"是两个人,又怎么样?"风我不悦,顶了回去。不过我觉得或许也是,有些事,只有两个人才能熬过去。

"脏棉球,你嫌麻烦就不跟旁人讲话,那样可不好。"风我指着他说。

"挺好的。又不是不跟别人说话就活不下去。"

"不说话当然活得下去,也有很多时候,你就必须得跟别人交流。如果将来打车时驾驶员问你话,该怎么办?"

"总有办法的。"

那天回家,我爸心情不好。可能他打算跟哪个女人套近乎却碰了钉子,或者是类似的原因,反正不是什么大不了的事。我只记得当时他极具攻击性。

他关掉我们正看着的电视,故意找碴儿说:"瞧你们看的什么破烂玩意儿。"我和风我什么都没说,马上起身躲开他去看漫画了。漫画是捡来的,集数也乱得很,不是《棒球英豪》就是 Rough。大概吧。我们满是痛苦和恐怖的日常生活和安达充笔下的世界差距太大,所以那些漫画读起来反而有了《指环王》那种奇幻故事的感觉,这是我们逃避现实的方式之一。

我爸一把抓住漫画书,扔到老远。"小东西,没听到我讲话?"他说着抬脚就踹。挨踹的是风我,但我感觉就像自己被踹了一样。

风我噌地起身,站到了我爸面前。

"怎么着?小东西,还想动手?"

那个人,我爸,常年从事体力劳动,看起来好像挺温柔的,其实不然,满身肌肉,很结实。而且论个头,还是我们矮。

风我瞪着他。

"我正看到精彩的地方呢，"风我指着散乱在地上的漫画书继续道，"亚美她……"哦，那漫画应该是 *Rough*。

风我这是第二次正面顶撞父亲。第一次是上初中一年级时，原因我忘了。风我通过足球队的肌肉训练也有了一些力气，或许他认为可以一搏了吧。他非常兴奋，冲向父亲。打斗的过程很无趣：他挥出的拳头被轻易挡了下来，然后下颌挨了一拳，倒地时差不多已经神志不清了，又被来回踢了好多脚。直到我扑到风我身上，父亲才终于停止，最终结局是风我的脚趾骨折了。父母怎么都不愿带他去医院，最后还是我去找岩洞大婶求助，才终于看了医生，勉强治好。

自那次之后，还不到一年呢，风我又有了斗志。

可能风我觉得先下手为强，他率先用双手去推对方。他也明白，稍有迟疑就意味着失败。连我都看得出他这一推十分用力。

就在那一瞬间，我们的——严格来说那是风我发起的，不过，从心情上来说是我们两个人发起的——反击第一次奏效了。

那人往后趔趄着失去了平衡，背部撞到了墙上。很显然，他慌了。面对此情此景，风我也吓了一跳——这成了败笔。

如果当时不给对方喘息的机会，结果肯定不一样。

那人很快就挥舞起了拳头，眼睛里充满了愤怒，似乎要用眼神将我们撕碎。他全身汗毛倒竖，从身体里喷射出愤怒的棘刺。不知是不是恐惧所致，我感觉四周的温度猛然降了下来。

那人敏捷地挥拳，风我的头部随即横向摆动，简直像要飞出去。

风我仰面倒地。

那人仍未停止，抬腿踢向风我。他不停地踢，丝毫没有犹豫，仿佛身处无人路过的巷尾，风我是路边的一袋垃圾。我感觉整个房间都回响着叮叮咣咣的声音，还有风我痛苦的呻吟声。

直到那人看向我这边，他才停止了动作。

不知何时，我拿了把菜刀握在手里。

"你他妈的，你知道你在干什么吗？"

我胡乱挥舞着菜刀。我不知道，菜刀是什么时候拿在手里的，怎么拿起的，为什么要拿在手里，我全不知道。我更不知道的是，自己接下来打算干什么。

看到风我倒在我面前一动不动，我很焦虑。再不赶紧带他去医院就有危险了吧？

我一心只想靠近风我一些，刚迈出一步，那人就有了反应。可能他觉得我是在向他挥刀吧。

究竟是什么造就了他那样的反射神经和暴力脾性呢？

有时候，他会向我们吐露自己年轻时练过拳击的事情，说他主动放弃了职业拳手的资格，还有打架从来没输过，等等。那口气也不知是在炫耀还是在诉苦。那些都是陈年往事，听上去也很夸张。在我看来，他只不过是想通过吹嘘自己来威慑别人。就算那些都是真的，也没什么好惊讶的，他就是有那么敏捷的身手，还有攻击性。说他是鳄鱼也好，猎豹也罢，总之，他就是个全然不顾法律规范和道德意识，任由当下的感觉和情绪来支配自己的所有行为的动物。

那人夺下菜刀再毫不犹豫地捅进我肚子里——这个可能性是有的。

事情之所以没变成那样，是因为门铃响了。我们的视线都集中在玄关那里的门上。很快，一阵胡乱拍门的声音响起。

"你家干什么呢？吵死啦！"

被愤怒、恐惧和紧张充斥得临近饱和的房间，在那一刻泄了气。我看见那人狰狞的表情也有所缓和，他一把夺过我手中的刀，却没有再举起，不再像鳄鱼或豹子，而是变回了人的模样。他随即用下巴示意我："你，去道歉。"

打开门，外面站着一个女人，身材臃肿，之前时不时能在楼道里碰见。她眼中带着怒意，抱怨道："你们家老这样，叮叮咣咣的，太吵了！"

"对不起。"我低头赔礼。一边要承受暴力、面对近乎死亡的恐惧，一边还得给外人赔罪。面对这般境遇，我不禁叹息。

我感觉自己的脑子正在变黑、枯萎，思绪越来越乱，还伴随着吱吱的声音。

再回到房间，那人已盘腿坐在电视前，看着节目里的一群性感女艺人吵吵闹闹。

洗漱间里，风我正在镜子面前检查伤势。

"眼睛肿了。"我指着镜子里的风我说道。

"啊，嗯。"风我点头。

镜子里出现了两张相同的脸，再加上镜子外头的，一共四张一样的面容，黯淡的情绪也是四倍。

过了一会儿，我又看了看父亲所在的房间。频道没有换，不过可能因为时间段的关系，已播起新闻节目来，屏幕里出现了"仙台市内肇事逃逸"的字样。我从这个标题里感到一种强烈的情绪，不管是悲叹也好愤怒也罢，总之，它像在传达某种情感。"小学生死亡。"

就在那之后，画面里出现了被害者的照片，我一下僵住，目瞪口呆，转而看了看风我，他也正盯着电视。

是那个小女孩。

是那个站在路边对我们说她跟妈妈吵架离家出走了的背着书包的女孩。

发生了什么事？我一时间来不及反应。

她在那之后被车撞了。

"优我。"风我在叫我。

"嗯？嗯。"

不久前才见过的一个小学生，现在已经没了生命。这令我无法相信。

如果我认真对待她离家出走的事情，好好跟她说话，替她跟谁取得联系……如果我这样做，她就不会遭遇车祸。

这种想法在我内心深处如针扎一般，我想将它拔走，可根本拔不动，只会平添疼痛。

"我不该把那样的玩偶给她。"风我轻叹道。

我以为他在说笑，看了看他，发现他的脸都扭曲了。我意识到，自己也是同样的表情。

"玩偶和事故又没关系。"我安慰风我，更是在说给自己听。怎么可能有关系呢？

然而，脑海里的画面是一个女孩被车撞了，仍然紧抱着玩偶，深信风我所说的有护身符在就不用怕的谎言。光这样就够让我痛心的了，可我没想到，现实居然更残酷。

第二天，风我的眼睛已经消肿，乍一看几乎看不出来了，不过仔细瞧的话，还是有一些发青。广尾眼尖，就发现了，还嘲笑了一番。怎么说的我忘了，可能还有一些歧视性的话。风我不开心，但也没回嘴，我只能在一旁苦笑。

广尾，你根本不明白我们经历着怎样的抗争。每一天，我们都要为活下去而战斗。一股愤恨在我心中滋生。

当天放学后，我跟风我在走廊上迎面碰见几个同年级学生，他们生怕错过一场狂欢似的，边跑边喊"脏棉球正挨揍呢""在哪儿？在哪儿""后面，后面"。若在平时我们或许并不会掺和，但那次就选择跟着去了。

体育馆后面的仓库是专门用来放每年举办各种活动用的装饰品和小道具以及运动会时用的设备的，平时不用的时候就像一个废弃的房屋，别说有人出入了，就连在附近走动的人都没有。再加上它多少还有些大，就有了谁和谁在里头幽会啦、哪个女孩子又被带到里头去啦、夏天进去五分钟就会被各类发酵的体臭熏晕啦等各类传闻，为我们提供了种种谈资。我甚至听说，老师们都不想给自己找事，所以故意避开仓库，不愿靠近它。

就在这个仓库门前，脏棉球成了靶子。

当时他正面对仓库的墙站着，后脑勺、后背和屁股上贴着废纸壳做的靶面。

以广尾为首的五六个人隔了一段距离依次站开，正朝他扔石子。

"不准动。你看，害我没打中。""是你技术不好。""出血的话，得分翻五倍。"他们叫嚷着，挥动着手臂，扔出石子，再挥，再扔，不断重复。

"风我，你昨天拿石头砸了他，他可能还气着呢。"

"他找错人了吧。砸他的是我。"

"脏棉球可真是处处吃亏。"

我们远远地站着，你一言我一语地说着。

"那些家伙可真是闲得慌。"

"要我说，他们真该感谢脏棉球一直陪他们打发时间。"

"怎么办？"我问风我。

"什么怎么办？"

要不要像昨天一样帮脏棉球一把？我正打算问，又意识到昨天的事其实并非为了帮他。那不过是我们看不惯广尾作威作福、不把别人的痛苦当回事的样子而已。

"脏棉球，你这辈子也就只能当个受人欺负的人啦。"

广尾刚说完，就弄出了一下比刚才更大的声响。他用石头狠狠砸中了人体靶子的后脑勺。脏棉球虽未喊叫，却跟跄了一下。

本以为广尾等人会意识到打击头部很危险，损伤过大会出事，没想到他们越闹越疯，似乎打算让人体靶子跟跄得更厉害些，将石头接二连三地丢了出去。

风我咂了咂舌头，然后转过身去。

先别提这是不是双胞胎心有灵犀吧,反正他在看什么,我一下子就明白了。

是时间。教学楼顶上挂着一个陈旧的圆钟,指针正指向四点五分。

我和风我交换了眼神。

"动手吗?"

没有人说话,但我知道他正在问我。

"怎么动?"

两个人的实验也做得差不多了,该付诸实践啦。

这话仿佛就挂在风我嘴边。

那天正是一年一次的特殊日子,我们的生日。

所以我们才打算出手。

我们先离开了现场,其实也就是后退了几米,躲到广尾等人的视野死角而已,然后马上开始商议该怎么做。

那是和时间的竞赛。

再过几分钟,那个就来了。

大致决定好后,我就装出一副碰巧路过的样子接近广尾。

"干什么呢这是?"我问他。

他们以为拿石头砸脏棉球的事要挨训,怔了一下,不过一看是我又放下心来,表情也缓和了。

对于他们来说,我这个同学属于哪个阶级呢?学习是可以的。单论考试成绩，在整个年级也是排在前几名的，但我不认为我凭此获得了众人的尊敬。因为我运动不行，在球类运动大赛上几乎发挥不了任何作用。而风我呢，运动可以，但学习又不行。再进一步说，我和风我在班级里都是不太爱聊天的那种人，别人来找我们时我们当然会讲话，但我们从不积极主动地去跟朋友走得更近。因为我们害怕一旦和别人太过亲近，我们家那种悲惨的环境就会暴露无遗。

在广尾看来，我们应该是没有威胁力、没有派别的同学吧。他甚至觉得我们就好比那些没有特定支持党派的浮动票，在条件合适的情况下，如果加以劝诱，有可能会顺利成为己方盟友。

"嗨，"广尾朝我笑笑，"你要不要也试试？嗯……哦！你是叫优我吧？"

"你们这是在干什么？"

"投球啊，投球。看看姿势准不准。"

"用石头？"

"是啊。"

"对着脏棉球？"

"是啊。怎么着？"广尾目露凶光，仿佛在问：你有意见？

"不是，我就是觉得有意思。"面对一件根本不觉得有意思的事情，非要说它有意思，就算是演戏也令人不快，但我还是走上前去,"让我试试。"

我从广尾手上接过石子,立马挥动手臂,瞄准脏棉球的屁股扔了出去。我本就没打算有所保留,反正迟早要扔,不如就扔得狠一些,可似乎有些用力过猛,主要是时间紧迫,石子从脏棉球的脚边擦过去了。

"可惜呀。给。"广尾又递过来另一个石子。

"不要了,挺没意思的。"

"你什么意思?"

"你们不都扔了挺久了吗?就算我现在砸中了也没劲儿。既然要玩,就玩点别的。"

"玩什么别的?"

"送脏棉球回老家。"

"回什么老家呀?"

"既然是脏棉球,当然得回尽是灰的地方。"我有些着急了,为了不给广尾等人否决的机会,我说着就快步朝脏棉球走去。

我把手放在脏棉球的肩上,他猛地抖了一下。脏棉球平时总不流露真实情感,不过看来他是真怕被石头砸到。

"喂,你打算干吗?"广尾等人从身后追了上来。

"咱们把他关到仓库里吧。"

脏棉球看了我一眼。我从来不主动欺凌弱小,眼下却这么起劲儿，他应该挺意外吧。

"原来常盘优我跟我们有着同样目标和思想呀。"广尾等人似乎挺开心，接受了我的意见。

"好呀，就这么办。好创意。"说着他们就粗鲁地拽起脏棉球。

其实把人关起来，这是太过典型、太过老套的手法。

当时我好像是说了这么一句，广尾就接话道："可以称为传统手法。"算是温柔地鼓励了一个新人的提议。

我们把脏棉球推进仓库。里面的灰尘和臭汗，还有其他各种混杂的气味果然令广尾面露痛苦，不过他还是和另一个人一起将脏棉球往里拖了拖，末了还顺势一踹，趁脏棉球倒地的工夫脱身关门，然后插上生锈了的门闩。

"没有其他出口是吗？"

"刚才好像看见里面有一扇小天窗。"

我们绕到背面检查了一下，上方有一扇长条形的横窗，但是装了铁栏杆，想从那里出来肯定不行。

仓库入口处响起激烈的敲击声，我们赶忙又回去看门闩是否插得牢固。

"放我出去呀。"可以听到里面的人在喊话。

广尾等人哧哧地笑了，我也意识到自己的表情松弛下来。我看了一下钟，时间很紧。

"关到明天早上应该死不了吧。"说着我又朝仓库里喊了一句,"撒尿到角落去撒。"当时我可没想到,这句话居然会应在我自己身上。

广尾等人叫嚷着附和。

"哦,等一下,我拿个好东西来。"

我用他们不大能听得清的声音说完这句话后转身就走,最后还扔下一句"给我看好脏棉球,别让他出来呀"。

可能只剩不到一分钟了。

我必须藏起来,被看到了可不好。我躲到了操场边一棵不是很粗的樟树后面。

我感到全身被薄膜包裹着,那个开始了。那时候我已经可以冷静地去体会那种皮肤发麻的感觉了,先从脸和脖子开始,然后蔓延到全身。

那个瞬间的画面我看不见。

有段时间我猜测,瞬间移动对换位置的过程中或许可以见到擦肩而过的风我,又或许可以看到身边的风景,于是两个人便竭力瞪大眼睛观察。可那个瞬间实在是太快了,我们唯一清楚的事就是,我们什么都不清楚。

扑面而来的,是一阵气味。

臭。

还有黑暗。

我不禁咳了起来。

看看脚下,地上有层薄薄的石灰。我注意到,似乎有人用棒子在上面划拉了几个字。

"你会咳。"

这几个字应该是风我留下的,他猜我传送到这儿的时候会呛得咳嗽。有时候,我们为了给移动过来的那个人描述一些情况或做出指示,会在地上留下笔记或信息。

昏暗的仓库里堆着塞有万国旗的箱子、组装式的帐篷、将沙包投入筐中的相关道具,等等。

我绕开这些物件,在仓库内行走。我好像不自觉地就屏住了呼吸,那感觉就像在水底游走。小天窗透进微弱的光。虽然微弱,我却可以依靠这点光四处走动。

仓库还算宽敞,但我可以很快确定,这么大的空间里并没有人。

我走到门边,轻轻横向拉了拉,门闩还插着,拉不开。

我把眼睛凑到门缝上,试图观察外面的情况。虽然那条缝很细,但也足够瞧出个大致了。

我看见一个貌似广尾的人影。

伴随着砰的一声响,广尾发出惨叫声。惨叫过后,能看到他们全部慢半拍地站了起来。

"脏棉球,你什么时候……""你从哪儿跑出来的?""开什么玩笑!"

看来挺顺利,我捏着鼻子笑了起来。

"真要说起来,那其实算是一次人体实验,牵涉了除了我和风我之外的第三者。"我说。

各位可别忘了,这些话都是我在一个餐厅里对着高杉讲的。

"人体实验?"他的眼睛有些发光。他是不是开始感兴趣了?

"我们对调位置时,拿在手里的东西也会跟着一起移动。那么如果当时正握着谁的手呢?如果怀里抱着什么人呢?会怎么样?这也是我们想要验证的事情。所以,当时我们就尝试了一下,那就是用被困在体育用品仓库里的脏棉球。"

"也就是说,你弟弟提前在仓库里?"

"他提前埋伏好了,然后我们把脏棉球推了进去。等时机到时,风我就抓住脏棉球的手。"

"脏棉球正害怕着呢。我在仓库里现身时,他吓得差点儿一屁股坐地上。"待广尾等人离开,当然他们是去追跑远了的脏棉球了,趁着那个空当儿,风我来拔掉仓库拉门的门闩,把我接出去。

一个人在仓库里等着时我就有了很强的尿意，一直拼命忍着，出来后立马在操场角落里解决了。

"然后我抓住他的手，他就更加毛骨悚然了。"

"脏棉球也跟着你一起传送过去了？"

"他确实都糊涂了。估计到现在脑子里还是一团糨糊呢。"

"那一声拉炮的动静是怎么回事呀？"

"仓库地上有好几个呢，可能学校搞活动时没用完吧。我就带了一个出来，交给脏棉球了。我跟他讲：'广尾他们还以为你在里面呢，你拿这个去吓唬一下他们。'"

"脏棉球居然真的动手啦？"

"可能他当时还蒙着呢。"

他原本该在仓库里，结果被风我抓住手腕，一眨眼的工夫就到了樟树背后。这种时候无法接受现实是很正常的。

"这样一来，我们就弄清楚了，人也可以一起传送。"我说着朝学校门口走去。

"如果是汽车什么的呢？"风我跟在我后面。

"汽车？"

"那个时候，如果我们摸着车子，车子也会跟着传送吗？从道理上来讲，应该是一回事吧？"

那时候我们已经知道的是：通过锁链相连的东西，还有建筑物之类无法搬运的东西都不能传送。

我稍作思考后直截了当地回答:"应该不行。"汽车很难一个人独自搬运,但如果是一个人,比如像脏棉球那样的体格,是能够被抱起来的,所以才能传送。

"嗯,也是。"风我附和道。实际上一年后我们也实验过能否传送一辆车。如果汽车真的可以传送,那可不是小事,搞不好还会引起事故,所以我们做得很谨慎,结果是传送了的只有我们自己。再有,我们还弄清楚了,和我们有一定距离的人并不会静止。我们还没实验过那个如果在乘坐飞机时发生,飞行员会不会被定身。我想应该不会。

我们离开仓库出了校门,碰见了脏棉球。

他看起来很惊慌,跑来问道:"刚才那是……"

"吓了一跳?"

"那当然。"他的脸肿了,应该是被广尾等人追上揍了一顿。

"广尾他们怕露馅,从来不打脸。"风我指着脏棉球道,"看来他们吓得够呛呀。"

原本被他们锁进仓库、玩弄于股掌的人,突然出现在他们背后,还拉响了拉炮。震惊就不用说了,那种被玩弄的屈辱感应该更为强烈吧。总被他们瞧不起的脏棉球做出了意料之外的举动,捉弄他们,这才让他们怒火中烧,顾不上掂量轻重了吧。

我有些愧疚,开口道:"不好意思呀。"我没有撒谎说这么做是为了救他,心想,这是为了人体实验,或者为了报复广尾嘲笑风我眼睛肿了的事,并不是为了你,脏棉球。

"嗨,你该不会抱怨我们吧?用不用那个拉炮,是你的选择。因为那事挨揍,那也是你自己的错。对不对?"风我一本正经地讲着这些不着调的话。我听了也想告诉他:你的脸受伤也是你的错。

"刚才你们是怎么……"

"就是一种逃生术呀。我拽着你走到外面,动作太快,你都没反应过来。"

"那怎么从仓库里面……"

"快速进出那边的仓库。"

"你说什么?"

"'快速进出那边的仓库'啊,一句绕口令,我现编的。"风我说着不着边际的话。他可能想糊弄脏棉球,并不打算解释那个吧。

我俩和脏棉球肩并着肩,一摇一摆地走上了回家的路。街道尽头的天空泛红,云朵仿佛微微渗了点血。可能那朵云也遭受了欺凌吧,或许是因为它爸——每当看到夕阳时,我都隐约有这种感觉。有时候又觉得,那是天空为我们流下的红色的泪。下雨时我反而没觉得那是眼泪。红色的天空不知为何刺激了我的心。

"你家是往这边走吗？"风我问道，脏棉球点了点头。

"大概在什么方位？"

脏棉球指了指右前方。

"你可真是个闷不作声的家伙呀。就因为你这样，才受人欺负。"

我们走上一条小道，然后慢吞吞地列成纵队继续前行，没有疲劳，也不开心。为什么非得继续走呢？反正回家也没什么好事——此时如果有人这样抱怨，我一点都不觉得奇怪。

就在那时，我听到一阵音乐。

旁边的空地原是一家私人医院，可能因为还没有后续的开发计划，已经长满了杂草。四周围着栅栏，但也只是摆设，想进去的话还是能进去的。

当时我就想进去。一群轻装便服的成年人，现在想来可能是大学生，反正就是衣着轻便、举止随意的七八个大人，在栅栏里随着音乐起舞。

在那之前和之后我都没见过那样的场面，所以在我看来，那只是我们三个人偶然遭遇的一场黄昏梦幻，那是由我们对现实的逃避而生的虚幻光景。

青年们的音乐音量还算比较大，可能用的是便携音箱。

音乐可能是放克或者雷鬼那一类的吧,年轻的人们随之摇摆起舞,脸上洋溢着慵懒的幸福气息。

若是平时我们肯定就直接走过了,可当时风我半开玩笑地跟着跳了起来,算是起了个头。

只见他歪歪扭扭地晃动着身体,脚下踏出坚定的舞步。我也跟着他轻轻舞动起来。

"嘿,脏棉球,你也跳。"

风我喊道。当然,对方并没有跳,也没有嫌弃要走的架势,只是站在一边看我和风我继续一场陌生的舞蹈。

空地上的青年们注意到了我们,又惊又喜,伸手招呼我们过去。我们只是在原地继续跳着,也没打算走。

晚霞之下,音乐舒畅而明快,令人愉悦,就像一双手轻轻抚慰着我们三人的心灵。

"昨天的电脑怎么样了?"我问道。梦幻的时间已经结束,我们继续走在路上。

他瞥了我一眼,也不知是在生气还是嫌烦。"能用了。"

"那不挺好嘛。"

"你那是被广尾打的吗?"脏棉球问风我,但并未看着他的脸。

"哪个?哦,这个啊。亏你看得出来啊。"风我指了指自己的眼睛，脏棉球没有看过去，"怎么可能是广尾打的呢？我要是被他打了，可不会轻易放过他。"

脏棉球没有马上接话，只能听到三双球鞋踩在地上断断续续发出的声音。

"也就是说，你让一个即便被他打了也只能轻易放过的人给打了？"

"你别说得那么绕，行吗？"风我苦笑。

"即便被他打了也只能轻易放过"，我反复思考这句话，觉得还真是这样。那个人，我们的父亲，我们一直都轻易地放过了他。

在小道上走了不一会儿，脏棉球说："那，我先回家了。"

"脸弄成那样回去，不会吓着你爸？"

脏棉球似乎这才意识到伤疤的问题，摸了摸脸颊。那儿应该还疼，不过他好像并不在意。"没事儿，我爸应该不会注意到我的脸。"

唉。我心想。"唉。"风我说。

难道每个家庭都一样？

"你用电脑，去当个黑客什么的吧。"风我突然来了这么一句，他明明对黑客一无所知，"应该挺赚钱的吧？"

脏棉球看向风我，似乎很瞧不起他。"我想研究的是声音啊，声音。"

"声音？"

"你们没听说过？特定频率的声音，可以震碎杯子。"

我和风我互相望了望，耸耸肩。

"声音其实很厉害的。就算是电脑，肯定也能用声音弄坏它。"

"你说什么？"

"在近处播放特定频率的声音，应该可以使硬盘无法正常运转，再继续播放就可以弄坏电脑啊。"

"研究那玩意儿有什么用？"

"肯定有用。"

"变魔术？声音碎水杯？"

"那可不是魔术，是声波、赫兹和共振的问题。"

"什么赫兹呀、舒马赫的，我可不懂。"风我的语气有些不耐烦。

"舒马赫？"

"你将来如果开商店卖赫兹，店名就可以叫舒马赫呀。"我也兴起，接着风我的话茬儿补了一句，脏棉球并未理会。

脏棉球前进的方向有一间平房，四四方方的，水泥色的墙壁，看起来有些压抑。墙上用喷漆画了一个红色的"X"。我本不想多问，脏棉球却开口道："那是放高利贷的来找麻烦弄的。"

"欠债？"

"我爸他腿脚不好，不能工作，又因为猥亵罪被罚了一大笔赔偿金，家里到处欠钱。"

"一个犯猥亵罪的爸爸。"风我以颇感慨的口气说，"真是什么样的人都有。"

"他每天就裹着毯子睡觉，就像避债蛾一样。"

我心不在焉地应了一句："你也够惨的。"

脏棉球的表情没有变化，留下一句"不过他不打我"就回家了。

几天过后，我们回到家时，妈妈正在看电视。

那本身并不稀奇，可她竟然转过身来招呼我们"你们快来看"，这就奇怪了。我好奇她在看什么呢，走过去后发现正在播新闻，似乎是在宣布什么紧急而重大的事情，隔着屏幕我都能感受到紧张的气氛。

"跟你们差不多大。"

"什么啊？"

"凶手的年纪。"

肇事逃逸的凶手落网了，新闻正在播放。是不久前发生在仙台市内的那起事故。

我和风我，还有脏棉球，我们在路上遇见的一个小女孩被车撞死了。

我和风我对视了一下，说不出话来。

十五岁的高中生无证驾驶，撞上了小女孩。具体细节现在还不清楚，被捕少年好像并没当回事，至今也未向受害者家属谢罪。

"真可怕。"妈妈说。

我当时肯定没回应她。

"你们应该没事吧？"母亲盯着电视画面，丝毫不掩饰她的好奇心。

什么叫没事？

是担心我们送命，还是担心我们杀人？

更使我们受打击的是过后不久岩洞大婶告诉我们的小道消息。

"你们知道吧，那个凶手，无证驾驶，撞了小孩的那个？"

小女孩怀抱着北极熊玩偶，背着书包的模样出现在我的脑海里。心里的伤疤被撕开，剧痛，针扎似的疼痛，血渗了出来。

"前两天我去收废品，听到一些很不好的内幕消息。"

"什么样的？"风我提起了兴趣。

"凶手好像还是个高中生。我听说，他那是故意撞的。"

"啊？"

"而且不只是撞上去了。"

"什么意思？"

"他把小学生绑起来，不让她跑，让她站好，然后开车从正面……"

"怎么可能？"我实在难以接受，大声质问。

"而且撞了好多次，倒车、前进，再倒车、前进……"

"怎么会……"

"他为什么要那么干？如果这样，那根本就不是肇事逃逸呀。"这是谋杀案。

"他图什么呢？"岩洞大婶没有掩饰自己的不快，脸都扭曲了，"有些人就爱摧毁些什么来取悦自己。"她自言自语似的嘀咕了这么一句，"有些电器本来不必弄坏的，可有些人就爱喜滋滋地摧毁它们。可能凶手也是那种人吧。"

那个小女孩显然跟家电不一样。

她怎么能被摧毁呢？

我感觉胸口十分压抑。

当时，我们，我……真的应该帮她。

一个孩子把北极熊玩偶当作护身符抱在怀里，她相信它会从可怕的怪物手里把自己解救出来这种谎言，却要忍受被汽车猛烈撞击时的痛苦和恐惧，她的模样在我脑海里难以抹去。那个玩偶里是扎有钉子的，当时她如果是将玩偶抱在怀里，钉子是否会因为撞击而扎入她的身体呢？

如果是那样，我们不也成了加重她痛苦的凶手吗？

我感觉身体忽然变得沉重，几乎要瘫坐在地，连风我的脸也不敢看了。

"听到这里，你觉得怎么样？"我看着高杉。

"比想象中有趣。"高杉的表情几乎没有变化，但我明白他是有兴趣的。

我没有问他这些能不能用在电视节目里。"那我就继续说了。"

☆

初中毕业后，我们终于不在同一所学校就读了。我读了仙台市内一所公立高中，一所被划在重点高中范围内的学校，而风我干脆连学也没上，直接工作了。

初三的班主任极力劝说，让风我"一定要读高中"，也希望我劝他上高中，甚至要见我们父母，亲自解释读高中有多么重要。看父母总不来学校，老师就亲自上家里来了，结果受到那个人的暴力恐吓，被撵出去了。

班主任老师在放学后叫住我俩，告诉我们："如今在日本，的确有必要执着于学历，没有学历会让生活更艰难。"还在黑板上写下了人生中的重要节点以及所需收入等，并做了解释。

"老师为什么要这么费心？"风我并没有改变毕业后就工作的想法，他在最后问道。

老师戴着眼镜，国字脸上的表情十分严肃认真，只回答了一句："我就是不放心。"

"老师，你也来过我家，我想你应该明白，如果照你说的，我家里全是你放心不下的事——贫穷、不负责的妈妈和不像话的爸爸。"

这番话让老师目瞪口呆。他开始讲一些可以去相关部门咨询啊、青少年福利机构之类的话。

"不用了。"我说。风我也在同一时间摇头："老师的心意我们领了，不过，我们明白，这不是简简单单就能解决的事。"

风我的运动能力好，老师就推荐他发挥这个长处，可以保送入学，但风我没有改变心意。

"我要工作。优我去上高中。"风我强调道。

"只靠我俩的力量独当一面，这就是我们的方式。"

"说的好像宣布成立音乐组合似的。"老师看上去仍不放心，不过还是笑了。

"那段时间家里情况怎么样？"高杉问道。

一名店员走过来，往桌上的玻璃杯里添了些水。

"家里情况是指？"

"你们到了那个年纪，身体应该也长得更好了吧？"

他可能想问，是不是已经可以对抗父亲的暴力了？这确实有一点道理，但也只是"一点"罢了。就算有千点道理，"千理"之行也得始于足下——我在心里耍嘴皮子。"我爸那时候还壮得很呢。都打习惯了，也不留情。他非但不同情我们，还很享受滥用暴力的快感。他是真的狠。"

我读高中时，风我又和他打过两次。根据常年经验，我们知道反抗他不会有什么好结果。可以这么说，我们已经学会了一种本领——那个人的命令也好，撒气也好，坏脾气也罢，我们全可以像合气道那样见招拆招。所以，那可以算是相当叛逆的两次。

"结果呢？"

"没用，打不过他。也不知道为什么。"我们之间似乎存在着某种早已定好的规则，它与肌肉和体格无关，我们永远都在它的约束之下。

高中生活比初中更有意思。要说很开心，那就夸张了。变轻松了可能是比较贴近的说法。

高中和初中不一样，身边全是来自各个地区的同学，加上没有风我，我感觉自己好像成了另一个人。我甚至觉得，这个不同的人才是真正的自我。

另外，风我在岩洞大婶的回收店工作，生活方式虽与我不同，但一样过得快乐。

每天早上他起得比我还晚些，然后去工作，直到快深夜了才回来。

工作和上学的日子里，我们几乎碰不着面。

你问我寂不寂寞？我只能回答你，也没那么寂寞。

一直在身边的风我不在了，起初是感觉怪怪的，仿佛少了半只翅膀，连路都很难走直。不过，渐渐也就习惯了。

在家时，那个人和我单独相处的次数更多了。虽有紧张和不安，不过随着我们年龄的增长，他确实不像从前那样频繁地打人了。最重要的是，我可以离开那个以前无法离开的家了。一直以来，两个孩子外出，走再远也有极限，有时甚至要被收容教育。成为高中生后，打发时间的场所和方法增多了，从这个角度来说，生活也轻松了不少。

我们从以前的两人一对、像一双鞋一样共同行动的时代，进入了每日分头行动的时代。

哦，对了。

鞋。

一直以来，我们真的就像一双鞋一样，不管去哪里都是一起，所见所闻也几乎一样，互相能看到对方正在经历什么。

从十五岁那年开始,情况变了。

我们不再是一双鞋,而是一枚硬币的两面。过着高中生活的我和在废品收购店工作的风我,每一天都截然不同。一边发生的事情,另一边完全不知道。反面所经历的事情,正面无法看见。甚至外人看我们,都比我们看彼此要更清晰。

当然,我和风我的关系并未变坏。比起左、右脚的两只鞋,硬币的正、反两面反而结合得更为紧密。我们觉得相互的关联更深了,每次见面都会相互分享心得,交换信息。

不过,风我有了恋人这事,我并未第一时间得知。

那一天,我正路过仙台站西口的商业街。距离圣诞节还有好些日子,不过各个商店门口已经挂上了灯饰,能感觉到音乐都比以往更欢乐了。那年比往年都冷,往来行人都穿得很厚实。我们整个童年时代都没从父母那里得到过像样的衣服,一件衣服要穿到破破烂烂为止,导致我对耐寒有着一定的自信心。尽管如此,那年若不是有风我从岩洞大婶那里淘来的二手羽绒外套,我还真的受不了。

我走进往东西方向延伸开来的 Clisroad 商业街时,正好和一对男女擦肩而过。因为走得很快,所以并未太过留意。结果那女的忽然停下脚步,说道:"呀,长得一样。"

我应声回头,发现风我正站在那里,旁边是那个说"长得一样"的女孩。她个子不高,有些肥嘟嘟的,脸好像小松鼠。

"哟。"风我咧嘴笑了。他身披黑色皮夹克,有着与我相同的相貌。

"哟。"穿着黑色羽绒外套,跟风我长相一样的我也笑了。

他们在两个月前开始了交往。

风我向我介绍过后,又转身面对名叫小玉的女孩说:"这是另一个我,优我。"

"优我和风我。"小玉来回看着我俩,小巧的手指跟着发音的节奏来回点着,似乎觉得很好玩。

当时我们就分头离开了。风我是在几天后才给我讲他和小玉相识的事的。

那是一个周末,我俩都没事,于是戴上棒球手套去了柳冈公园,传球玩儿。

"我跟小玉是在那个时候认识的。"

"哪个时候?"

"发生那个的时候。"

"哪一次?"

"最近的那一次。"

我这就明白了,他说的是两个月前生日那天。

当时发生了什么呢?我在记忆里搜寻。

那是一个普通的日子,学校有课。

我和风我只有在那天保持着装一致，每年如此。这也是我为什么专门选了一所可以穿便服上学的高中。从十点开始，每隔两小时，也就是那个发生的时间，我要尽量移动到对周围不产生影响的场所。最好是在厕所，如果不行的话，我就找一些无法被人看到的狭小场所。因为我周边的人虽然将停止动作，但若有防盗摄像头之类的设备，还是会被记录下来。

"是几点的时候？"

"下午两点时那次。"

下午两点十分的那次，我应该是在教室里，好像是上数学课还是什么。

"对了，是数学。我去你那边时，黑板上写了好多公式。"风我接住了球，"头都晕了。"

"我呢……"我想起来了，"是在车站。仙台站二楼。我原以为会去厕所，结果并不是。"

我也接住了那个画着抛物线飞来的球。

巨大的记忆库里，为了查到过去的场景，某个角落亮起了灯光。

仙台站的厕所，我之前也去过好几次，不过那次对调后的场所不是厕所，而是站内通往东口的走道上。有时候并不一定刚好就能在预定时间内找到厕所，当时风我可能就是这种情况。

"你等等。"有人从后面抓住了我,我比较狼狈。

转过身一看,是两个体格健壮的男子。其中一人长相英俊,头发挺柔顺,个子又高,就像从男性时尚杂志里走出来的模特似的。另一人戴着眼镜,穿着西装。乍一看,还以为是时尚模特和他的经纪人。他们抓住了我的手腕质问道:"你刚才从这人手上拿了钱包吧?"

"钱包?"

我朝他们口中的"这人"望了一眼,是一个女孩。她看起来年纪跟我差不多,所以我以为她是高中生。如果真是高中生,就不会在本该上课的时间出现在车站。

女孩低着头不说话。

"刚才她撞了我一下,然后从我口袋里把钱包偷走了。"像模特的男子努嘴道。他说他过了一会儿才反应过来钱包被偷了,追过来时看见女孩正把钱包递给我。

"好了,既然被抓了现行,就赶紧交出来吧。"

戴眼镜的"经纪人"拍打着女孩的衣服,检查她是否还拿着钱包。

"不交也行,那就找警察去。"模特男伸手抓住我的肩膀推了一下。

"请住手,你们这是栽赃。"

"你小子,别死不认账。我们都见着了。"

你们见着的可不是我，是风我呀。

"唉，我真的没拿。"我十分自信，所以立刻就举起双手，"你们想搜就搜吧。"

两人毫不犹豫地从上衣到裤子，每个口袋都搜了个遍。被男人摸来摸去是不舒服，不过看着他们找不着钱包干着急的样子我又很开心。我拼命地忍住笑。

女孩此时正被模特男抓着，我见她瞪圆了眼睛，心想，偷钱包转移的事应该是真的了。她正惊讶呢，钱包去哪儿了？

你偷来的钱包，已经飞到我的学校去啦，还在风我身上。

"那什么，我真没拿，我可以走了吗？"

我尽量显得很不耐烦地说。

他们似乎根本不信，瞪着我。我生下来就一直忍受着来自父亲的恐惧，所以觉得在外面碰着的那些恐吓和暴力跟它相比，都不是什么事儿。无论那两个人怎么威胁，也只不过相当于蚊子叫，我根本不在乎。

任他们怎么找，钱包就是找不着。他们又在女孩身上搜了一遍，然后再是我，还是没有，满脸疑惑，这才准备走了。

"哎，你们还没道歉呢，一声'对不起'都没有？"我并没忘记冲着他们的背影喊上一句。

他们恼火地转过脸，那模样像是要咬人似的，这也在我的预料之中。

"我可是受了很大委屈呀。被你们怀疑,又被抓着。给我道个歉总可以吧?又不是让你们赔精神损失费。"

"不好意思啊。"他们不情不愿地说了一句。

"要说对不起。"我紧跟着说。这种时候我可没打算让步。

"那些事儿我还真没听说过。"风我说,"然后怎么样了?"

空中的球画着弧线,在我们之间来来回回。

"他们跟我道歉啦,虽然很不情愿。"屈辱和愤怒让那两个人涨红了脸,"本来准备回家后告诉你的,结果忘了个干净。"

"因为那天我回来得很晚吧。"

"钱包后来怎么样了?"

"那之后,也就是两小时后,不是又对换了一回吗,我回到那边……"

当时我应该是在车站附近的一个书店里。当天早上,班上同学聊天时说一个正统女偶像出了本清凉写真集,我一直惦记着。

"哦,对了,传送后我是在摆满了写真集的书架前。"风我回想起来,笑了笑,"然后我又一路找回了车站。"

"找谁?"

"找给我钱包的女孩啊,她就是小玉。"

"哦,是这样啊。"

在车站走道上被模特男抓住的女孩,商业街里跟风我并肩走着的女孩,两张脸重叠到了一起。"车站里发生的事我有点记不清了,不过说起来两个女孩还真有点像。"

"什么叫有点像,就是同一个人啊。"风我说。

已经过去了两个小时,小玉还在车站里的可能性很低了吧。

风我似乎也有一样的想法,意外的是,她居然还在里头。而且,她说一直在等风我回来。她也不知从哪里窜了出来,说了一句:"太好啦。"然后又催促道,"快说快说。"

"说什么?"

"钱包藏哪儿了?"

"哦。"风我从夹克的内口袋里取出钱包交给她,"不好意思呀,我给拿走了。"

"你怎么拿走的?"

"怎么拿?嗯……反正就那么回事儿呗。"

"你厉害呀,人家那样搜都没搜出来。"

风我这才明白她这种仰慕之情的起因。"那种程度完全没问题。"

看见她十分好奇而尊敬地看着自己,风我有些心虚了,补了一句:"不过一年也就一回吧。"

如果要较真的话,风我应该说,一年一次的生日那天,可以有好几回。

"然后你俩就好起来啦?她是高中生吗?"

"她跟我们同龄,也是市里的高中生,不过几乎不怎么上学。小玉也跟我们有点像。"

"像?"

"觉得在外面比在家里轻松。"

"又有个不靠谱的爹啊。"

"不,这跟我们还不大一样。"风我说,"小玉的父母很久以前就去世了。因为事故,交通事故。驾驶员怕酒驾被抓,逃逸了。"

"这种最恶劣了。"

"还算不上最恶劣,世上比这恶劣的事儿多了。"

"确实。"

"因此她开始寄宿在亲戚家里。从小学开始。"风我说得若无其事,表情却有些僵硬,"可这个家,好像并不是个轻松的地方。"

"你刚才说跟我们有点像,原来是这个意思。"

"我也不是故意想寻找同类,"风我自嘲般地说,"我就是感觉跟小玉很投缘。"

"是吗?"

风我投出的球带着强劲的气势。我拿手套接住,沉重的声音扩散开来。

风从身后吹来,公园里的树木摇晃着,脚下的草坪发出声响。带着狗散步的人来来回回，几个孩子在不远处踢球，四处乱跑着。

那还是小学的时候。

我忽然想起这公园里发生过的一件事。

从家里骑车到柳冈公园，拼命蹬也得三十多分钟，也算得上一次小小的自行车远行。小学时我们两个人来过几次。

我们的第一副棒球手套，是在岩洞大婶的废品收购店干活儿之后，通过工资相抵的方式得到的。那之前应该都是空手来回扔着不知从哪儿捡来的橡胶球。

首先注意到那个训孩子的父亲的人，是我还是风我呢？可能是同时注意到的吧，过去有很多时候都是这样。

小男孩大概在念小学低年级，他面前站着自己的父亲。父亲满脸通红，怒不可遏，伸手指着孩子大声地训斥。

我和风我互相看着对方。

他的脸上有一丝不悦，我想我应该也一样。因为我们觉得，眼前的人和我们家那个人是一类人。

如果放在现在，我知道其实那并不一样。公园里的父亲虽然脸上满是愤怒，但那不过是心情烦躁而已。他火气上来，没控制住自己，等事情过后应该会反省自己。但我们家那个人呢？他即便在不冲动时也会拿脚踹我们，通过施暴取乐。对于他来说，把孩子当作爬虫一般对待是很自然的事，绝对不会自我反省。这是一种本质完全不同的恶。

只不过，在那时候的我们看来都一样。

虐待孩子的父亲就等同于那个人，忍受父亲施暴的孩子就等同于我们。

能拯救我们的，只有我们自己。

当时我们心里是否抱有这样的想法？

我发现风我已经停止了扔球，站到了我旁边。我们四目相对，我知道他的眼神在说"上吧"，但我并没回应。因为我明白，那只会惹来麻烦。

风我竖起大拇指轻轻晃了晃，意思是"快去"。

这是我很熟悉的手势。

在家里时，敢在那人面前大声讲话，一定没有好果子吃，所以我们都不开口，常常通过表情和手势进行交流。这个伸大拇指的手势我也不记得是从什么时候开始用的。它也不是一个可以准确转换成言语的手势，意思大概是"拜托""靠你了""交给你了"等，总之，就是在寻求对方协助的时候使用。

"干吗那么生气？"

待我反应过来时，风我已经站到了那个傻愣愣的孩子的左边，开口说话了。

"啊？"孩子的父亲瞪大了眼睛。

"哎呀，我也不知道你为什么生气，人家体格比你小，力气也比你小，你却那么大声吼，脸色那么难看，这公平吗？"

"你们认识？"父亲问孩子。

孩子摇了摇头。

没办法了。我想着，站到了孩子的右边。我说道："这位爸爸，这事本来跟我们也没关系，多管闲事是我们不对。只是，你看，这是大家的公园呀，你会破坏这里的氛围……"

"没用的，像这种高高在上发脾气的爸爸，绝对不能原谅他。他肯定也不是为了什么大不了的事。"风我怒道。

"你为什么生气呢？"我问。

那父亲的脸涨得通红。能看得出来，愤怒的岩浆正在他体内翻腾。"跟你们有什么关系？一边去。"

"你才应该一边去。我们正在玩传接球呢，不在公园，还能上哪儿去？你呢？跟个傻子似的在这里骂孩子，骂得这么起劲儿。回家骂去。"

风我的话显然太具挑衅性，不太好。

我选择用跟风我不一样的口吻中和了一下："可能是我们管闲事了，难得有个公园，破坏了气氛多不好呀。"

那个不知所措的孩子一直低着头，听我这么一说，他才抬起头，来回看了看站在他左右两边的风我和我，扑哧一声笑了。

"你笑什么呀？"他父亲的声音比刚才小了一些，但语气仍然不悦。

那孩子有些犹豫，但还是忍不住要公开自己发现的事情。"我觉得，"他开口道，"因为我觉得他俩好像天使和恶魔。"

"什么？"也不记得是我还是风我反问了一句。

"人们常说的呀，心中的天使和恶魔。"

可能他身边的我们长相一样，风我语气暴躁，而我说话比较稳健，所以让他产生了那样的联想吧。

嗯，有道理，我心想。风我一定也这样觉得吧。

后来那个父亲终于平复了情绪，带着孩子走开了，不过更像是为了让他儿子赶紧摆脱我们这个来路不明的二人组。我觉得这样也挺好。

"优我，我发现了……"那之后风我开口道。

"发现你是恶魔而我是天使？"

"不是，"风我指了指我，又指了指自己，"第一次见我们的人，都会惊讶我俩长得一样。"

"可能吧。那又怎么样呢？"

"所以呢，刚才那个男的也一样，看见我和你站在一起时，就来回盯着我们的脸看。看看我，再看看你，然后再看看我，对比我们的长相。"

"应该是吧。"这是常见的反应，人们意识到两个人的脸长得一样，就会不自觉地反复观察。

"那就有了破绽。"

"什么意思?"

"即便他脸不动,视线也要动。我、你、我,这样来回移动。"

"所以,又怎么样呢?"

"如果在打架的时候,这就是机会呀。对方会露出破绽,只要在对方视线移动的那一瞬间抢先动手——"

"你想这种事,是打算干吗?"

我当时只是愕然,但后来这个发现还真帮了我们好几次。

比如说上初中后不久,有一次我们离开家,在附近一座神社后院打发时间。当时也不知从哪儿跑出来一群不到二十岁的男男女女,抽着烟,闹得厉害。

我们不想惹麻烦,正打算走,他们就围了过来。

一开始还好,后来他们以收容教育为由恐吓我们,又是要我们给钱,又是要我们脱裤子,用低级的手段刁难我们,最终事情还是变得麻烦了。

风我应该是早就算计好了。

为了记录下我们的丑态,有人掏出手机打算拍摄,手机的光亮使他们看清了我们的脸。最前面的一个男人看了看我,又看了看风我,然后似乎是为了确认,再次将视线移向了我。

他露出了前面我们所提到的破绽,风我没有放过这个机会。

当我意识到风我正有所行动时,他已经挥着右手手腕狠狠地砸向对方下颌，然后又用手指杵向后面一个男子的心窝，接着大喊一声"走咯"，就往后方跑去。

风我做了坏事就跑，我则跟在后面追，我们总是这样。每次逃跑的时候，我总是看着风我的背影，心想我的背影是不是看起来就是这样呢？并且大部分时候，我都会被跑得飞快的风我甩开。

"我弟弟比我矫健多了。"我又想起了那句自我介绍。

一个白色的球飞了过来。它看上去就像是静止在空中，然后又慢慢变大，最后伴随着撞击声落入我高举着的手套里。我隔着手套握住那个球，仿佛在同站在另一边的风我握手。

我又回想起另一个过去的场景。

那是我们和岩洞大婶相识的场景，所以应该是在上初二时，差不多快放暑假的时候吧。

我们仍和往常一样打发着周末的时光。估计是足球队没有训练，要么就是训练结束了，我们当时在仙台车站附近晃荡着。我们没钱，只是随便走走，偶尔见着别人有困难，就上去问一问，当然是为了打发时间，而并非出于热心肠；或者见到干坏事的年轻人，就把警察找来，这同样是为了打发时间，而非出于正义感。我们整天就干这些事。

当时，我们见到一个中年女人似乎正被两个体格健壮的男子恐吓，所以留意了一下。

后来才知道，那个女人，也就是岩洞大婶，正打算把被丢弃在一条小路上的家电搬回自己的废品店，结果两个男子拦了下来，纠缠她说东西是他们的。

"你说东西是你们的，也就是说，你们是这台电视的主人？"

"我们正要成为它的主人。"

"那你们跟我是一样的啊。谁手快就是谁的。"

"不是，我们早就发现了，只不过是现在来拿而已。"

"你要是这样讲，我可是比你们更早找到它的，也只不过是现在来拿而已。不管是发现还是来拿，都是我先，就这么回事。"

他们就像小孩般互不相让，你一句我一句地争着，再过一会儿可能就会抛出小孩抬杠时孩子王进行"仲裁"的经典台词："你什么时候发现的？哪月哪日？星期几？当时地球总共自转了多少圈？"

那时候，风我站到了岩洞大婶的左边。

我停了一拍，然后站到了大婶右边。我们连卡时间点都已经相当熟练和默契了。

对面两人做出了意料之中的反应。

他们先是看看风我，然后又看着我，面露一丝疑虑后，又看向风我。

风我没有放过他们露出破绽的机会，跳了起来。

第一个人的下颌，第二个人的心窝，他连续发起攻击。我们没事就研究如何阻止对手的行动，而我们的时间又多的是，所以怎样攻击要害部位，运用多少力道，都已熟练得很了。

风我逃开了，我在后面追着。跑了一段距离之后，我们停下来调整呼吸，发现大婶居然喘着粗气追了上来，很是吃惊。

我们等着她平息下来，也不知是要被感谢还是要挨骂，结果等来的却是一句："帮我搬一下刚才的那些家电，我一个人搬不了那么多。"

"啥？"

最终，我们跟着大婶一起回到了之前的那个地方。那两个人应该正在四下找我们，因为家电还放在原地没动。我们把东西搬上了小货车。

"其实我平时还有一个手下，但最近老请假。"

将小货车整理好后，她递给我们一张名片，道："有空来帮忙。"名片只有一张，可能言下之意是，既然是双胞胎，那就两人算作一人吧。

"谁会来啊？"风我条件反射般地顶嘴，我却有预感，我们会来。

因为对时间充裕的我们来说，打发时间最开心的事儿就是帮助别人。

"我刚想到了以前。"风我接过球后没有再扔，而是走了过来。

"我也想到了。就在公园，那儿。"我指着草坪外围道。

"训斥孩子的父亲。"

"还有神社的事。"

"还有认识大婶的时候，对不对？"

在某个动机的影响下，我们可以像玩联想游戏一样想起好几件事情。很多时候，我和风我都在不经意间以同样的思考过程回想起同样的事情。

☆

好了，再说小玉吧。

讲我的高中时代而不提小玉，那就不是画龙缺少点睛，而是连龙都没有了。

风我和小玉交往了快一年的时候，有一次我问他："你和小玉平常一起都干吗呀？"

我和他走在夜晚的街道上。待在自家狭小的房间里时只有痛苦，因此我们大多选择外出。反正也没什么事，就顺着宽阔而笔直的大路漫无目的地行走。

"优我，不好意思，我已经不是处男了。"风我面带笑意道。

我感觉自己脸红了,不过仍强装平静地应道:"总不能整天只做那事儿吧?"

"至少不会在生日那天做。"

"那确实,你得给我注意点。"

那个发生的时候,传送完后发现面前是躺在床上的小玉?饶了我吧。

"你烦恼什么呢?"我问完,风我沉默了一会儿。

他没有问我为什么知道他在烦恼。那种感觉我太懂了,我们有默契。

"咳,是小玉的事。"

"该不是在想她的裸体吧?"

"她总不告诉我。"

"告诉你?"

"我觉得她在家时可能受了很大的苦。"

"你说她叔叔家?"

之前也说过,小玉小学时双亲因事故身亡,之后她就一直寄宿在叔叔家。叔叔有一个年轻的妻子和已成年的儿子。

"我倒是见过一次。"风我说。小玉对自家的事情总说得含含糊糊的。一开始避而不谈,后来才肯直说她不愿意别人知道自己家里的情况。可确实是对方越隐藏就越想去打探,所以风我就偷偷跟踪她了。"非常大,说像城堡可能有些夸张,但也有三层的样子。"

"她看起来也不像是家世显赫的大小姐呀。"

"我从没见过小玉手头宽裕过。"

"也就是说，叔叔很有钱，但小玉并没有。唉，不过叔叔只因为是亲戚就养育了她，这其实也值得感激，他也没有义务把财产分给小玉。"

"如果只是不分财产倒还好。"

"你有什么可担心的？"他说话的语气让人觉得肯定有事。

我脑子里最先想到的是虐待。谈起发生在家里的事儿，首先就是它。我们也算得上是经验丰富的老手了。

我这样说时，风我点头说他一开始也那样想。"只是她身上并没有被施暴的伤痕。哦，准确地说是有一点的，小腿、大腿上有些瘀青，但小玉并不承认。不过，单纯地被父母揍也可能会留下那种程度的伤，并没有那么不正常。"

"不正常。伤痕就不应该是因为挨了家里人的打而留下的，哪怕只有一点点。"我苦笑道，同时也理解风我的感觉。他难以理解还有人没挨过父母的打骂，竟然还有人没有畏惧地活着。以前听同学说自己在家"没被父母打过，连轻轻拍打都没有"的时候，风我差点去责问人家为什么要撒这种无聊的谎。

脚下的路开始缓缓地向右画出弧线。路灯以同等的间距分隔而立，伸长脖子，稍有些弯腰，监视着我们。我们的影子斜长斜长的,仍是双胞胎的模样。

"所以呢?小玉身上的瘀青究竟是……"

"瘀青并不是问题。"

"那就是有其他问题。"

"前不久,我跟大婶干活儿时去了趟泉区里的一处住宅区。"

"前不久?"

"一周前。"

风我黑着脸,从未有过的阴沉,我有些紧张。

接下来说的是一周前风我的经历,我听了他的描述,然后来说一说我主观想象出的场面。

当时还是白天,但天气阴沉而暗淡,这我也记得。天空满是饱含雨水的云朵,仿佛拿什么尖东西一捅就会漏下水来。

风我坐在小货车的副驾上,眺望着窗外的乌云。"今天去哪儿?"

岩洞大婶紧握方向盘,眼睛望向前挡风玻璃,回答:"矢仓町的一栋小楼。"

"高级住宅区呀。"

"有钱人不要的东西有时候根本就不是废品,对我们来说是好事。"

"确实。"

到达目的地后，面前出现一栋气派的白色小楼。"那楼跟蛋糕似的。"风我当时的形容词连小孩都不会用，"还有一个砖砌的烟囱。如果说房子是蛋糕的话，那烟囱就是草莓啦。"

那栋蛋糕小楼——可能风我也懒得继续描述了吧，就这样称呼了——里面的蛋糕夫人上网搜索，找到了岩洞大婶的回收店。

蛋糕夫人打玄关出来，看见一辆破烂的小货车和一个略显怪异的中年女人，还有一个胡乱留着长发、看着就不像好人的少年，她就像眼里进了脏东西似的避开了这些人的视线。

"请问，让我们来收什么？"岩洞大婶面目严肃地打算开始做事。

蛋糕夫人话也没说，就开始走动。风我和大婶跟在后面，看她打开了车库的卷帘门。

里面停着一辆曲线流畅的进口车，按风我的猜测，应该是保时捷卡曼，另外还有一辆罗孚迷你。车后面堆了大屏电视、电视柜和空调等。

"那就搬吧。"

岩洞大婶示意开始，风我就开始搬了。东西被一件接一件地用小推车运到了货车上。工作本身没花多长时间，倒是最后结算时花的时间很长。

"你们等等。"很明显，蛋糕夫人的态度有些强硬。

她肯定对岩洞大婶报出的金额不满意吧。

"为什么我还得给你钱？"

"这是废品回收的手续费。"

"这些东西你拿去不也是转手卖掉了吗？"

"如果有人愿意买的话。"

"那你们不是应该给我钱才对吗？你这是在进货。"

这是常有的纠纷之一。

岩洞大婶吆喝回收废品，是没有明确的价格表的。如果有人来问，就回答说："东西好的话就高价回收，但要实际看过后才能报价。"

对方自然期待自己的东西会被花钱收走，实际上等来的是一句："这个东西不好卖，需要您支付我们回收费用。"

事情和想象中不一样，大部分人都会觉得很意外。这种时候，如果大件物品早已捆好装上车了，说出"条件不合适，东西给我放回去"的人不多。大部分人虽然心里不愿意，但嘴上也不会多说，就忍了。不过，当然也有发脾气的。

蛋糕夫人就是后者。

她原本做好了东西贱卖的心理准备，没想到居然反过来被要求付钱。这是意料之外又之外的，绝对不能接受。

她开始语气尖锐地喋喋不休。

风我没想到，住在这种豪宅里的人，居然会在乎那一点点钱。不管多么富有，精打细算的人永远会精打细算。他干废品回收后渐渐明白，有一种人不管多有钱，也不会白白放弃分毫。

蛋糕夫人似乎对自己被别人算计一事耿耿于怀。可能她无法接受自己被一个回收垃圾的妇女和一个十几岁的不良少年小看了这件事。

她盯着岩洞大婶和风我，像看着什么脏东西似的，话语里满是嘲讽和鄙视。

"穿着确实也不大干净。"这是风我原话。

最后谁让步了呢？

是岩洞大婶。她退一步说："明白了。这次就破例，回收费用就免了。"就这样蛋糕夫人好像还不满意，不过风我和大婶打了个招呼，就若无其事地撤了。

"嗨，电视和电视柜看起来倒是能卖个好价，我们还是赚了。"

岩洞大婶在开车回去的路上说道。这并非她自我安慰，而是真实感想，但有些事让风我难以释怀。

我方要求支付回收费用当然不地道，但对方那算什么态度？

凭什么那么高高在上！

他无法抑制心中翻滚的思绪，待回过神时，发现自己正摆弄着从蛋糕夫人那里回收来的笔记本电脑。

"电脑拿去处理之前，一定要彻底销毁数据，否则可能会被还原。"风我说。

"你是说有人专门去还原电脑里的数据？"我初中在岩洞大婶那里帮工时还没听说过这些，可能最近他们开始注意了吧。

"只是有可能会，基本上很少有。我们出于好心，为了安全起见，都会先替别人销毁数据后再拿去卖掉，所以有些专门干这行的熟人。"

"好心？"

"对，我们是好心。"风我摇头晃脑地说着，好像那是理所当然的事儿，"不过那也仅限于对方是好人的时候。如果不是的话——"他在寻找合适的词语，"我们也会使坏。"

"我想也是。"

我们的本质就是如此。我们在充满暴力和恐惧的家庭中长大，对于令人厌恶和痛苦的事情可谓再熟悉不过。我们明白为了和他人安稳相处应当表现得亲切些，至少应该端正礼仪，所以平时都尽可能如此表现。我们的内在阴冷晦暗，所以才让外在尽量温和。反正也没有人真正关心内在的部分。

风我将笔记本彻底查了一遍。也不知该不该说是幸运，笔记本仍处于可恢复状态，仅用专门人士提供的软件就可以让硬盘里的内容重现了。

"有什么发现吗?"

"我估计那家的主人……'主人'这种称呼合适吗?"风我对自己说出的这个词表示疑问。主人和他的家庭,这种划分方式让人联想到无可置疑的上下级关系。"总之,那电脑应该是她丈夫的,里面还有一些色情视频。"

不稀奇。

风我此刻神情阴暗,一定还另有原因。"你发现了什么?"

"照片。"

"旅游景点的?"当你想不到什么合适的打趣话时,就不应该发言,因为只会导致冷场。我沉痛地认识到自己真是神经大条。

"是小玉。"

"他们认识?"

我尽量筛选出平和的言语,脑子里想象出了若干种可能性。从风我的神态来看,这显然不是什么令人开心的话题。它一定是令人反感的,照片也是。我最先想到的是小玉的不雅照,或者是小玉发生性行为时——被迫做出这种举动时的照片。提起年轻女性所遭受的侵害,首先可能就会想到这些吧,也就是色情视频里常出现的那些画面。

应该是这样。我暗自在心中做出判断,很快就愤怒起来,感觉头脑发热。

风我做出的解释跟我想象的还有一些差别，甚至超出了我的想象。怎么超出了？因为它令人恶心。

"是溺水的女孩。"风我说。

"一开始我都没看懂那是什么照片。感觉像泳池，但泳池可拍不出横截面来。是一个水箱，水箱里有一个女孩，整个淹在了水里。就是那样一张照片。"

我一时间没反应过来。"照片？溺水的女孩？"

我能猜到那个女孩应该就是小玉。

"然后我稍微进行了一些调查，这才明白。"

"明白什么？"

"有些男人就喜欢看女人痛苦，他们才兴奋。那种濒临死亡的痛苦。"

"可能还有些人看见红绿灯闪烁就能兴奋吧。"

"每个人嗜好不同。"风我面无表情，"小玉被用来满足一些人的嗜好。"

"被用来？话说回来，那个水箱放在哪里？怎么能拍到照片呢？"

"这是我的猜测，是主观妄想的结论。不过我觉得也不会相差太远。"

"嗯。"

"应该是她叔叔干的。"

对了，这个话题原本就是从谈论她叔叔开始的。"他干了什么？"

"估计是真人秀之类的东西。"

"秀？"

"观赏女孩痛苦的'秀'。"

"为了什么呢？"

"你说平时那些秀是为了什么呀？"

"商业目的？"

"那这个不也一样吗？"风我面无表情地说道。

"那样的秀能办得出来？"

"只需要在自家摆一个大水箱，放满水，再把小玉扔进去就可以了，可能连电费都花不了多少。不像马戏团，这连演员训练都省了。"

"她叔叔不是有老婆吗？"

"早跑了。我在他家附近打听过，据说他家暴很严重，老婆跑了。儿子也自立了，几乎不回家。"

"那么，你之前提过的豪宅里，只有家暴的叔叔和小玉？"

"还有时不时举办的秀。"

"会有人去看那种东西吗？"我还是无法接受。看着快要溺死的人有什么可开心的？"万一真死了怎么办？"

"找到那个不至于弄出人命的极限时间，可能就是主办者最拿手的吧。"风我拼命压抑着厌恶和愤怒,仿佛正将一床被褥塞进一个小小的塑料袋里,不管怎么塞都塞不完,"后来我查过,结果发现,让女孩溺水的视频是有市场的。你见过装羽绒被的压缩袋吧?还有把女孩放在那里头的。"

"该不会真要压缩吧?"

"为什么不可以?想做就可以。也有些视频就专门拍这个。"

"小玉也被……"

"估计也强迫她干过吧,这是我的猜测。那台电脑里的照片还不止一张。"

"水箱里的?"

"还有浑身湿淋淋的小玉和其他男人的纪念照。"

"真的假的?"我实在难以理解拍摄纪念照是出于什么心态。

"应该算是某种保险吧。"

"有那样上保险的吗?"

"小玉被迫摆出了笑脸。也就是说,那是一个证据,证明那些行为不是强制性的,而是经过本人同意后做的,只是一场秀而已。"

"怎么可能?"通过那种玩意儿怎么能证明一个人的意图?

"这也是我的臆想,我觉得那些有钱人背后可能有律师支持。一个能让他们在法律上胜利的律师,所以他们根据律师的意见留下了照片。"

"居然……"

"另外就是互相牵制。如果有人对外泄露了秀的消息,所有人都将是共犯,所以必须一个不漏,全都拍照,每人一张。"

我停下脚步,抬头看了看天空。很难说夜色美丽,云层在扩散,像黑色,又像灰色。似乎为了映衬我们沉重的心情,夜空中看不见星星。

"小玉在苦苦挣扎。"风我说。

我想起前不久碰到小玉时她说过一句话:"我听风我说过,你们从小就挺苦的。"

她在说什么我也能猜到,就是受到来自亲人的暴力和摆布呗。她还说:"你们两个人一起挺过来了,真好。"

她的语气像是在谈论一件很遥远的事,我也简单地以为她那句话是出于同情和感慨,所以简单应道:"嗯,算是吧。"

我根本没有想到,小玉的情况要糟糕得多。我们有两个人,她却是一个人,只能无止境地忍受着。

不夸张地说,我无法停止内心的感叹。

很多人认为自身所处的环境比其他人的都苦,却很少反过来想。她就是后者,极其自然地肯定了我们。我觉得她真的了不起。

"其实小玉才更了不起。"风我嘀咕了一句。

路灯照亮了脚下的路,两个人前行时,我渐渐感到内心正滋生出一种欲望。那并非性欲,而是更负面的东西,说白了就是怒火、愤恨,我的体内充满了这些令人坐立难安的情绪。

"所以呢?"我连提问的语气中都带着刺,"所以呢?风我,你想怎么样?"或许我在等他告诉我,现在就去小玉家。去敲门,如果不开门,就算砸烂窗户、撞破了门也要冲进去,这样就能见到小玉的叔叔。可见到又能怎么样?想怎么样都行。

我坐立难安,头脑发热。

"得冷静地想想才行。"风我说。

"我又没说什么。"

"我明白。我最开始知道真相时也是那种心情。我想马上冲过去,但那行不通。人家一报警我就完了,是不是?除非暴露他们的恶行,否则的话,只能在他们无法报警的情况下动手。"

"如果是这样的话——"

"我们要去参加狂欢晚会,去看那场秀。"

风我说得斩钉截铁。他要前往的,是恋人的尊严遭受蹂躏的现场。他应该已有心理准备。

"也不知还能搞到票不?"我的情绪稍稍平复了,多少有了开玩笑的心情。

"估计都卖光啦。"

"或许得先加入粉丝俱乐部。"我没过脑子说出口的这句话,可能无意间戳中了重点。

"没错。那优我,你知道怎么样才能加入粉丝俱乐部吗?最快的方法就是找现任会员做介绍人。"

"确实。"一个人选立马浮现在我脑海里。既然虐待小玉的照片是从蛋糕夫人家的电脑里找出来的,那它的主人一定是会员。

这一想法我还没说出口,风我就开口了:"唉,可惜没成功,那人已经死了。蛋糕夫人的老公,是突然死亡。哼,可能是因为他的坏嗜好而受到了惩罚吧。"

"这个罪与罚的平衡性不是很好。"

"也是。总之,那台电脑的主人已经死了,所以电脑我也就处理掉了。那条路也走不通。"

"那……怎么办呢?"

"刚才不是说过还有纪念照吗?"

"为了保险起见的那个?"

"对。看了照片后,我发现其中一人似乎有些面熟。我记得不是很清晰,但那个人,我感觉我是见过的。"

"是回收废品时见过吗?"

"不是。感觉好像在照片上见过。"

"照片?"听他说话的口气,应该是已经找到答案了。

"优我,你还记得你第一次见到小玉的时候吗?"

"第一次?"

他说的是在仙台车站内小玉偷人家钱包的时候。后来她把钱包给了风我,赶上我和风我的那个开始了,再后来就有了些麻烦。

"那又怎么了?"

"你知道钱包后来怎么样了?"

"对了,怎么样了?你不是又见了小玉,然后还给她了吗?"

"是。不过我把驾照抽出来了。"

"为什么要那样做?"

"个人信息可以卖钱,驾照有时还能派上用场。我觉得以后可能有用。其实也没有什么特别的目的。我还问过大婶,别人的驾照能不能换钱。"

"她怎么说?"

"她说,要说能也能,只是麻烦,赚得还不多,需要的话可以给我介绍干那一行的人。后来我就把驾照塞到桌子里不管了。"

我能猜到他接下来想说什么了。"你是说驾照的主人——"

"也出现在了纪念照上。"风我接着道。

"这是巧合?"

"应该不是吧。小玉在车站碰上他时,肯定也认出来了,这勾起了她不愉快的回忆。"

"她想起了那人正是粉丝俱乐部的一员。"

"她一下子不知所措,也不知是气愤还是急了,最终就动手抢了人家钱包。差不多就这么回事吧。"

"那你继续说你之前没说完的。"

"我手上,有一个粉丝俱乐部会员的驾照。"

☆

"快住手吧。"奥山怕得不行。

可能因为他被绑在椅子上,身体无法动弹,而且眼睛还被蒙住了,所以恐惧肯定是有的。不过我还挺意外,他明明可以稍微安静一点呀。

他摇晃着身体,椅子也随之摇晃,发出嘎吱嘎吱的声音。

就我们这种水平,这次似乎也做得还不错。

我们按照驾照上的地址找到了奥山,盯了好几天梢,摸清了他的行动规律后,就动手了。

见着他的相貌后,我也想起来了他就是那天那个人,那个好像时尚模特、相貌英俊、抓着我的手腕质问"你刚才从这人手上拿了钱包吧"的人。他当时看起来挺年轻,实际上可能年龄不小了。

夜里,我们从背后接近奥山,用布袋罩住了他的头,趁他还在慌张就把他塞进了面包车里。面包车是岩洞大婶的回收店里的。当然,风我的年龄还不够,算是无证驾驶,不过他本来运动神经就好,有样学样地握着方向盘,开得有惊无险。

我们把人运到了若林区沿海的一栋别墅里。说是别墅,但已经没人住了。院墙是那种高砖墙,里面杂草丛生,最适合偷偷溜进去。风我在回收废品时注意到这栋房子,记了下来。

要做的事情并不难。

恐吓被绑的奥山,胁迫他配合我们。

我们没有直接使用暴力。当然也可以使用暴力,但我们也会手痛,又累,所以只是装出要教训他的样子吓唬吓唬他。

"你们是什么人?想干什么?"

奥山大叫。

他看上去不像什么清白善人,心里肯定有那么几桩见不得人的事。因他而受苦的女孩肯定不止小玉一人。

所以,我们只糊弄他说是他的仇人,结果他就主动瞎想、主动害怕、主动求饶起来。

我们见时机成熟,就直奔主题去了。

"小玉"这名字我们没有明说,奥山可能也并不知道这个名字。我们只告诉他,听说有个如何如何不合法的、不人道的、不道德的活动,请他带我们去参加。说是请,他除了答应，也没有其他选择。

奥山当即表示配合，只是这样就能解放自己，在他看来似乎再好不过了。

究竟该如何惩罚他们？该如何报复小玉的叔叔？

我们的想法很简单。

既然表演中途他们不能报警，我们就趁机大闹一场。

仅此而已。

这想法既不特别也没创意。惩罚罪人的手段不需要特别，也不需要有创意。不，惩罚也不过是一个借口，我们只是想发泄心中的愤怒。

"下一场演出，就靠你了。"我们对奥山说，"太阳马戏团猎奇版，下一场的时间定了吗？"

那时候我只是抱着胡闹的心态这么一说，后来当我看到真正的太阳马戏团演出时感动至极。虽然只是开玩笑，但我当初居然拿它来比喻一场违法表演，真是无地自容。

闲话休提。

自那之后，我们再次叮嘱奥山，下一场演出日期定下来后要联系我们，并且警告他，如敢背叛，一定再次绑架他，到时候就毫不留情地扒了他的皮，结果他就顺从地不停点头。还有一件或许不太意外的事，就是奥山已有妻儿，妻子和他一样貌如模特，女儿还小。风我狠狠地警告说："如果有什么闪失，家人平安难保。下一次就轮到你家里的人进水箱了。"对方则以颤抖的声音央求:"千万别。"

当天回家的路上,风我感慨万千地轻叹道:"希望别人'千万别'做的事,他自己倒能强加到他人身上,这是一种什么样的心态呢?"

"这样的人很多啊,他们只顾自己幸福,其他都无所谓。"

"不管什么时候,受罪的总是……"话说到一半,风我似乎想起了什么,问道,"对了,关于律师那段你听到了吗?"

"什么律师?"

"粉丝俱乐部的律师。"风我显出极其厌恶的神情。他指的是那些去看秀的观众。

"哪一段啊?"

"我们教训奥山时他说的那些啊。他说有人比他坏多了,让我们去找那人。"

那些对话可能发生在我不在场的时候吧。"那他有没有把那位精英律师介绍给你?"

"据说他为了钱来者不拒。对了,比如那次的事。"

"哪次?"

"撞死小学生逃逸的事。"

"哦。"大脑的温度一瞬间升高了。一个硕大的泡泡破裂,愤怒和悔恨喷涌而出。是那个女孩。渐渐地,能让我回想起她的机会并不太多了,我以为伤口已经愈合,新长出的皮已抹去了伤痕,还因此感到安慰。实际上它并未消失。它就像缠绕在记忆之网上的细丝,无法解开,一点点刺激或波动都会让画面重现。那个北极熊玩偶,那张无依无靠的脸……我甚至感到恐慌,那个女孩的事情,可能我这辈子都不会忘记了吧?

"听说最后判的刑轻得吓人。"

"怎么可能呢?不是恶意撞的吗?岩洞大婶不是说过吗?"

"那是小道消息。"

消息的内容令人难以置信,说小学生被控制住了无法逃脱,车子凶残地撞了好多次。

"不过事情好像是真的。"风我皱起眉头。

"不会吧?"

风我表情痛苦地摇了摇头。

"如果是那样,那就不是事故,是恶性犯罪,谋杀案。"

"但是精英律师很努力,凶手的父母是有钱人。"

"有钱人,有钱人,有钱又有人。"这是我根据发音编出来的算不上顺口溜的顺口溜。

"当初的凶手早已经回归社会了。"

"做了那种恶事的人,居然……"

"他当时还未成年,只有十五岁,年纪很小。"

"年纪小又怎么样?"

"他可以在驾驶时犯错，但不是故意的，而且事故发生之后他还试图极力救助小女孩。"

"他不是逃逸了吗？"

"他曾试图救助，这是律师的说辞。他才十五岁，又懂得反省，又有抢救受害人的意愿，只不过太惊慌了而已——律师把能打的牌都用上，减轻了他的罪行。这律师可真够尽职尽责。"风我打趣似的说道，眼里却满是怒火，"他现在还成了律师的一个朋友的养子，过着悠然自得的生活。我听说是这样的。"

"如果他能每天深刻反省倒也还好。"

"他肯定会呀。"风我面无表情地说着违心话。

☆

小玉的家，准确来说，是小玉寄宿的叔叔家的宅子，在夜晚的黑暗中显露出如傲慢君王般的威严。它的外形复杂，甚至让人很难弄清楚其究竟有几层，大门附近还装了摄像头。奥山并未使用专为来客准备的可视门铃，而是按下隐藏在摄像头附近的一个小凸点，通过那里的通话器跟里面对话。

奥山向我招了招手，我站到了他身旁。

里面的人应该正通过摄像头观察着我们。

奥山已经事先跟他说过要带我来。

这可不是一场来者不拒的聚会，不是谁都可以成为会员的。他事先向奥山详细地询问了我是怎样的人，值不值得纳入俱乐部。

奥山对我们言听计从，他深信我们的话，以为只要能带我们观看表演，以前的事就能一笔勾销，我们绝不会再找他麻烦；如果不成功，我们就会把他的人生毁个稀烂。所以，奥山拼命解释说我们值得邀请。

为了让身为主办人的叔叔相信，最有效的办法就是强调这个申请人，也就是我，既有充裕的金钱，还有施虐的嗜好，绝不会向警察泄密。我高中生的身份是可以隐瞒的，但年龄小一事很快就会被发现，伪装成一个年轻有为的成功人士并不现实。没办法，只能说我是某个富豪家的大少爷，再围绕这一人物设定，准备了相应证据。我们从市内的富豪里选取了符合条件的，伪造了户口本和驾驶证。把这些东西交给了岩洞大婶介绍来的专业人士去做，最终达到了使对方误以为我是有钱人家的公子的目的，也花光了我仅有的一点积蓄。我们甚至还捏造了一些事实，说我有暴力倾向，又无法控制欲望，曾经好几次对女性犯罪，最终都在家长的疏通下不了了之。

如果对方是政府机关的人，这点谎言当然很快就会被拆穿，但小玉的叔叔没有查明真相的实力。再加上我还暗示将支付比一般观众更高的费用，对方轻易就上钩了。

"财迷心窍死翘翘。"风我自言自语地玩起了文字游戏。

"钱怎么办？"听说观赏费——当然实际上并不是这么称呼的——需要当日预付，而且要现金，这样不留线索。"得先让人家看钱，人家才让你看秀。"

"总会有办法的嘛。大不了用彩色复印呗。"

"彩色复印？钱？"

我当然知道那违法。我之所以反问他，是因为我担心那点小花招一下子就被识破了。钱放在袋子里交出去，人家只要一查马上就知道是假的了。

"确实风险太大。"

"那只有借了。"

如果是现如今，还有私人借贷呀、信用卡贷款之类的，可当时那个年代，这些手段都很难用上。

我没再问风我有没有什么能借钱的人，对于那时候的我们来说，能够依靠的大人仅有一位。

"其实我不想借钱给你们。"大婶说。

她觉得人与人之间只要掺和了钱的事儿，关系也就断了。"找熟人借钱，是实在走投无路的时候才用的法子，而且还要先做好跟对方断绝关系的心理准备。"

被说得这样严重，我俩不知所措。我们这才意识到，岩洞大婶是风我的雇主，更是我们所珍惜的忘年交，我们虽没找她商量过什么事情，工作时间以外也不怎么见面，但她对我们来说是十分重要的存在。断绝关系？一想到这个，我们一下子就心虚起来，仿佛背后一直靠着的那棵树忽然消失不见了。

所以，我打算放弃。我觉得还可以再想别的办法。

"大婶，那也得请你帮忙。"风我却不这样想。他一想到小玉，可能也没心思再考虑该不该跟大婶断绝关系了吧。

"只借一天，然后就还你。一定还。这钱我必须要。"

就是那个时候，岩洞大婶的表情严肃了起来。那之前和之后，我都没见过大婶那般严肃。"风我，不要说什么一定，一定这种事没办法保证。顶多也就人有一死这种事能用一定，所以不要动不动就挂在嘴上。哪怕我信任你，但当你说出一定守约这种话的时候，我也就不信了。"

风我看似很受打击，不过还是语气倔强地说："那也行，大婶，绝对的，我绝对还你，所以请你借我。"

大婶十分悲伤地点了下头，又稍稍抬起脸来。我看见她勉强笑了笑，仿佛是在鼓励自己。

风我竖起右手大拇指，朝我晃了晃。这是我俩从过去到现在一直使用的手势，意思是"拜托了""接下来就靠你了"。

没办法，我也配合风我鞠躬道："大婶，请借给我们吧。"

大婶缓缓转过头来，深深叹了口气："优我，你脑子好使，肯定也知道借钱本身根本不是问题。我想说的是，谈钱需要相应的觉悟,它有可能破坏我跟你们之间的关系。你们明白这一点,却还是想找我借钱,这让我心里不是滋味呀。借钱倒是没什么。"

我和风我深深地低下了头。

再多辩解和歉意都没有意义了。

或许我们和大婶的关系会因此生隙,但总有一天裂痕会修复,我们会弥补她的。

我这样认为,风我肯定也一样。

最终借了两百万日元。

攥起来也没有多厚,甚至有些叫人失望。

这些钱能否让小玉的叔叔认可我是富有的,其实我们心里也没底。不过为了参加一晚的活动而面不改色地一下砸出两百万日元,也不是那么简单就能做到的事。

"参加一回的话,我估计那些钱就够了。"奥山这样说,"不过只能一个人去。"

谁去呢?最终决定还是我去。风我点头道:"如果我去,一见到她叔叔就会失去冷静。"

过了玄关,第一件事就是被搜身。这里毕竟是普通民宅,当然不会有穿着黑衣裳板着脸的老外堵门,只有一个中等身材的中年人,单手攥着警棍一样的橡胶软棍做出各种指示:"口袋里的东西全掏出来""转过去"。

其实哪怕最终被人知道了底细，对我来说也没多大影响，但我还是想尽可能地不暴露真实身份。我的头发剪得非常短，还戴了眼镜，跟平时的感觉完全不同。一开始我也考虑过戴假发来改变发型，不过看来没用这个方法是正确的，否则在这搜身环节必然要露馅。

搜身结束后，他还问了我几个问题。在这个过程中，我渐渐可以确定这人就是小玉的叔叔。

可能我太过年轻吧，毕竟只有十几岁，他神情讶异地打量了我好多次。

我适当地装出胆怯的样子，又适当地表现出倔强。我在心里暗示自己，我是富豪家的公子，缺乏伦理观念，是个只想着自己的年轻人，然后以此来表现。

事前他就要求我带学生证来，现在我就装模作样地顺势掏出假证件来给他看。

又来了一个参加者，我这才得以解放。"进去吧。"他对我说。奥山点了点头。

好像这里是他常去的健身房一样，奥山轻车熟路地顺着台阶下到地下室。

这栋宅子本就够豪华了，居然还有地下室。

我想到自家廉价的公寓楼房，因二者之间的差距而苦笑。

不过，羡慕旁人这种事我们早在孩提时代就不干了。对于生活在深渊底部的我们来说，一旦开始羡慕上面的人，那就意味着会嫉妒他所拥有的一切。

"地下室？"高杉在这里插嘴道。

"就在一栋普通的独门独户的小楼里。有钱人的想法就是多，可能是怕出头的椽子先烂，所以就藏到地下室里了。"

我的话是很无聊，高杉似乎也没听进去。他问道："在哪条街？"

"怎么你还想做一期节目，专讲盖了地下室的富豪家吗？我觉得那也不算很稀奇。"

的确，有一些人就在自家地下建卡拉OK室或者健身房。

"还记得地下室什么样吗？"

我讲到现在，讲了我自己从儿童开始到十几岁的故事，可对方竟然只对地下室感兴趣，这真叫人不开心，我有些生气。

地下室什么样，我接下来会讲。

楼梯尽头是一个宽敞的房间。

"这里是隔音的。"奥山解释道。

他并未意识到绑架胁迫他的人就是我。可能他也想不到高中生会干那种事。我和风我只要求他带人去看演出，估计他也觉得当初动手的另有其人，而不是我。我们曾在仙台车站见过一面，不过奥山似乎已经不记得了。

我不作声，观察着房间。

我看过几次几乎免费的业余乐队的现场，这里就相当于把那些室内演出场馆缩小了很多。

天花板上有几盏照明灯，墙壁雪白。地板是有些弹性的材质，表面好像有涂层处理，显得很光滑。

大放异彩的是房间正中那个巨大的玻璃箱，它让人感觉这里仿佛是魔术表演的现场，至于高度，可能有两米。

玻璃水箱架在一个台子上。

它的下部有管子，从那里延伸出的橡胶管道一直通往房间深处，应该是用来注水的。

我身后陆续有人进来。

除了我和奥山，还有四个观众。或许他们都是熟客了，互相之间并未交谈，只是四散站开，仿佛那里一直就是他们的指定席位。

我无所事事地站在奥山旁边。

没有背景音乐，四周一片寂静。这里并不让人觉得舒服，或者正是这种不舒服使得违背道德的负罪感更为强烈。

我的心跳加快。

我意识到自己的腿在发抖。不好的事即将发生，接下来将要发生的事可怕又令人痛苦，令人不快，而我则要观看它。

一想到这些，身体里仿佛有蠕虫爬过，阵阵恶心的感觉袭来。并且，我发现那恶心的感觉里竟还包含了一种近似期待的、近乎兴奋的东西，让我想将五脏六腑都吐出来，好让自己保持清醒。

表演在毫无预兆的情况下突然开始了。

灯光熄灭，我们置身黑暗中，只有水箱附近有光亮。房间深处的一扇门打开，西装笔挺的叔叔带着小玉走了出来。

我不能背过脸去。

幸亏我这样告诫自己，才得以忍住。但见到小玉双手双脚都被锁着，我的视线想从她的身体上逃开。而且，她此时是全裸的，见到弟弟的恋人的裸体令我愧疚。

但我必须扮演一个狂热于背弃道德的富豪公子，要表现得对这种令人不忍直视的场面神魂颠倒，所以我也刻意舔起嘴唇来，紧盯着锁链中的全裸少女。

观众也不鼓掌。这种静谧让人觉得更加残酷。

小玉的叔叔说了些什么，那声音几乎难以听见。或许因为我的头脑已一片混沌，所以没听见。

小玉站在水箱旁边，行礼。她脸上没有表情。没有因为全裸而羞耻，也没有恐惧。她怎么可能习惯呢？她是放弃了。她的人生里，这样的事情，类似的事情，已经发生太多次了。

小玉的叔叔站到了我的正前方。我以为自己暴露了，吓得一怔，他却似乎并没在意，而是说了一句"请"，然后递过来一个好似照明灯具开关遥控一样的东西。那是黑色的，大约能放在手里捏住般大小，上面有三个按钮。

这是干什么的？我有意无意地观察四周，发现其他人也都拿着。

一阵轻微的声响，然后小玉惨叫了一声，颤抖着身体倒在地上。又是一声响，小玉发出强忍痛苦的呻吟声。

这个遥控器是用来遥控电击的？每个人随自己喜好按下按钮，将痛苦强加给小玉。那是痛苦，更是恐惧。

仔细观察可以发现，小玉赤裸的身体上贴了几条肉色胶带。产生电流的装置就那样被贴在了她身上，愤怒和恶心几乎令我眩晕。

谁在何时按下按钮并没有规定。小玉就像一个真人玩偶，时不时地抖动着。

无规律的、无防备的、遥控的暴力，带给承受者恐惧，也给施暴者带来无法形容的快感。

我感受到的只有不快。可是在那漆黑的房间里，在仅有的亮光下，那呻吟声，那张翻着白眼的脸，还有女孩痉挛的身体，竟给人一丝若有若无的刺激。面对下意识地几欲兴奋的自己，我感到恐惧。

我想扔掉遥控器，但那样做将被怀疑。或许小玉的叔叔还有办法知道什么人在什么时候按下了按钮。我第一次参加，有所顾忌当然更显真实，若表现得厌恶，则有可能遭到怀疑，所以我也按了几次。每按一次，小玉应该会发出痛苦的呻吟声，但我没去看。我的视线还朝着那个方向，但大脑已经放弃了对眼前画面的接收。

还不行。

我这样告诉自己。这应该也是风我此时所想的吧。

遥控电击的游戏结束后，终于到了水箱助兴的节目。不过从活动参与者们的严肃程度来看，眼前上演的绝非一场轻松的演艺节目。总之，小玉进入水箱的时刻到了。水箱很深，大概有两米吧，得借助架在一旁的梯子爬上去。

小玉的叔叔几乎没有发号施令。可能因为小玉已经放弃了抵抗，彻底服从，没必要再去警戒和强制什么了。

这时，我忽然想起了今年夏天我们三个人一起去海边时的情景。在菖蒲田海水浴场宽阔的海岸边，全是坐垫和遮阳伞，我们好不容易才找到一处空地，风我马上就像脱缰的狗一般冲向了大海。我动作太慢，没跟上他。

"风我好喜欢海呀，"小玉道，"你们小时候常来？"

她问归她问，在我们常盘家的历史里，全家从来没有来海边游玩过，就连全家一起出门游玩也没有过。

我摇了摇头之后老实地回答:"他这是第一次。"

"第一次?"

"大海。"

"今天?"

在岩洞大婶的店里做帮手时,我们也来过沿海区域,有好几次从副驾或车斗眺望过海面。可是,跟大海如此近距离接触这还是第一次,我有些兴奋。有首儿歌里唱道:"大海真宽呀、真大呀。"我觉得它唱得真是贴切。

"风我……第一次来看大海呀。"小玉似乎很开心,立刻脱起衣服来,似乎是想去追风我。她的泳衣早在里面穿好了,此时正随意摆动着手臂问我:"这衣服,会不会有点太露啦?"

我对泳衣并不熟悉,感觉她的泳衣只不过比在学校穿的那些衣服更时尚一些而已,也不算露,但她看起来很害羞。随后,她高喊了一声"风我——"就一溜烟儿地踢着沙子奔海边去了。

当时的小玉和眼前的小玉完全不是同一个人。

她毫不在意全裸的身体,面无表情地顺着台阶往上而去,仿佛一个被抽去了灵魂的人偶。

究竟哪个才是真正的小玉呢?我想。

在我看来,总在风我身旁笑嘻嘻地打闹的小玉才是真实的。可是,她人生中应该有大半时间都在这个家中度过。如此一想，眼前的这个女孩才是真正的小玉。她和风我在一起时，只不过是为了风我和自己才强颜欢笑的，是在扮演快乐的自己而已。

我忽然感到很孤独，视野仿佛模糊了。而真正孤独的是小玉自己。

"闲话休提"——我想起这么一个词。

与人闲聊时，这个词常常表示接下来要"书归正传"了。小玉也好，我们也罢，每个人的人生都很难用"幸运"来形容。可不可以突然来一句"闲话休提"，然后向我们展示真正的生活、更为正常的生活呢？我不禁在心中祈求。

一阵水花声响起。

小玉沉入了水箱。也不知她叔叔是怎样操纵的，水箱的盖子开始闭合。水箱里几乎灌满了水，小玉因为手脚上的锁链而下沉。那并不算长的头发如无数细小的手，无力地伸展开来。刚才勉强吸进体内的空气，现在化作生命的气泡被吐了出来，剩下的只有面部痛苦的表情。

没有声音，雪白的身体如水母般摇晃，散发出虚幻的美。可是这份美丽的尽头——她的脸上却是凄惨、狰狞，令人矛盾。

周围那些熟客一动不动地站着，安静得让人难以察觉他们是否还在。我听见了旁边的奥山咽口水的声音。

我几乎没有观看。我看不下去。水里赤裸的小玉表情狰狞地忍受着痛苦，这种事本身就超脱了现实。这样下去不就死了吗？我的大脑放弃了思考。一个人，在这种地方如打包的行李一般死去，这种事情不应该存在。所以，这是一件并不存在的事情。

水箱里的水位慢慢降了下去。这应该也是由她叔叔控制的。我观察过，发现他手上有形似控制器的东西。也不知水箱的出水口在什么地方，里面的水正在缓慢地往外排。小玉似乎还有意识，她将脸伸向水面。恐惧使她开始丑陋地挣扎，仿佛一只将要饿死的动物不顾一切地扑向了面前的食物。

水箱里的水维持在一半的高度，小玉呜咽着浮在里面。她正拼命地划动着雪白的双脚，稍有懈怠就会因锁链的重量再次下沉。

然后，水又开始上涨了，小玉痛苦不已。我明明看在眼里，可又像是什么都没看见。

我是在做梦吧？我希望这是梦。带着这样的想法，我体内红黑的岩浆几近沸腾。

得想想办法。我想着。要把这些全都毁掉——这个念头让我继续停留在现场。

我装出不经意的模样看了看手表，实际上是在确认距离那个还有多长时间。

"你等一下。"

高杉正好在我希望他提问的地方插嘴打断了我,我也明白他要问什么。"没错,"我抢在他提问前道,"那天正好是我们的生日。"

"这么巧?"他很惊讶,这样也合理。

这种可怕的场面并非经常上演,顶多也就一个月一次的样子。小玉能活下来,在一定程度上也有这方面的原因。

那样难得的表演日,居然跟我们的生日是同一天,这也太过巧合了。高杉应该是这样想的。

"那不是偶然,"我说,"正好相反——"

"怎么相反了?"

"之所以在那天上演,是因为那天是我们的生日。"

从奥山那里接到电话,得知下一场表演的日期时,我们面面相觑,觉得这是偶然。

"也不知道是不是真的,"对方开始解释,"据说那天其实是那个女孩的男朋友的生日。"

他又怎么会想到,此时跟他说话的正是那个女孩的男朋友呢?

"她不但不能去帮男朋友庆祝生日,连个面也见不到,还被逼来进行水箱表演。"

奥山的声音不自觉地激动起来。说完刚才那些话,他非但没有表现出"真可怜"之类的同情,反而来了句"这让我更加兴奋"。这句话正表现出他的嗜虐主义和支配他人时的喜悦之情。

小玉的叔叔已经知道小玉有了男朋友,或许小玉没注意透露了关于生日那天的安排。

"可能她被要求所有事情都要向他报告吧。"风我是这么说的。

"报告男朋友的生日?"

"报告一切,生活的全部。跟谁见面,跟谁做了什么,还有生理周期。"

"怎么可能?"我坚决否定,其实我也没有否定的根据。

"那种生活小玉可能已经过了十多年了,那种受人控制的生活。"

"你能察觉到?"

"我有时候觉得她跟我们相似。"风我语气平淡地说道,"家就是地狱,在外面的时候才能活着。可是,在外面的自己又不是真正的自己。这种感觉,小玉身上也有。"

过了十五岁之后,我们的身体发育得更健壮了,尤其是风我。干体力活儿的同时,他还用岩洞大婶从外面回收来的健身器具锻炼肌肉,臂力是有的。跟小时候相比,我们对那个人,也就是父亲的恐惧可以说有所减少了,但在同一个空间相处时，我们依然会紧张得胃痛。那个人似乎也对我们有所警惕，常常趁我们没有防备时开始施暴，而且手段更狡猾。家对我们来说仍然是地狱。

总之，奥山话里的意思就是，正因为那一天是小玉男朋友的生日，也就是风我的生日，所以她才得去跳水箱。

"生日那天，我们本来准备去海洋馆，"和奥山打完电话后，风我告诉我，"我那天也请假了。"

"哦，你说过。"

每一年的生日当天，我们都必须详细地共享彼此的计划。从十点到深夜，我们将每两个小时对换一次位置，有时候还要根据情况彻底伪装成对方。有些时间段的对换，可能会让风我约会时最快乐的体验被我抢占，所以必须事先确认彼此的安排。

"小玉暂时还没跟我提更改日期的事。"

"奥山带来的消息可能是假的呀。"

风我并不同意我这句话。"估计她会等到当天再告诉我去不了，用身体不适之类的理由。那样才显得更自然。""不过，当初怎么偏偏就选了去海洋馆呢？"

——风我最后还自言自语地咕哝了一句。结果她非但看不到水箱里的鱼，连自己都得进水箱里了。

生日当天起床后，我发现风我正站在洗脸池前，手里攥着手机咬牙切齿，表情痛苦。

"怎么了？"我压低声音问他。在家的时候，我们说话一向小心。他递过手机让我看邮件。

邮件的大致意思是：突然发高烧，今天去不了了。还有一句：本来很期待的，真可惜。

"她一定真的感到非常可惜。"我想象着小玉写这封邮件时的心情，胸口仿佛被箭射穿般疼痛。

风我没有回应，紧握着我递回去的手机，表情狰狞。

"别这样。"如果我没拦着，可能他就会一时冲动把手机给砸了。他的心情我能理解，但如果只因为一时冲动，一部智能手机的代价未免太大了。

"刚才我说到哪儿了？"

"哦，对。"

我看了看手表。

我看着小玉在水箱里痛苦不堪，确认了时间，快到晚上八点十分了。我觉得还是我们运气好，一个小时前的话太早，一个小时后又太晚了。

你问如果当天不是生日的话，会怎么样？

应该也没多大差别吧。

我们只是想破坏这场表演。我们只是想攻击那些置身安全地带而去摆布、蹂躏小玉的人。必然会想办法让两个人都参加活动,然后大闹一场。因为入口处需要搜身而无法将武器带进去,但如果我俩拼尽全力,像火力全开的汽车那样大闹一场的话,也会让小玉的叔叔无从招架。既然选在了对我们来说那么重要的一天,那么我们也想要特别一些。

所以,我们决定干一票。这算是一种恶作剧,也是一种无聊的自我满足。

我跟风我之前已经对过手表,精确到秒。当剩余时间快到一分钟的时候,我就在心里默默倒计时。之前我练习过好多次,已经可以较为准确地读秒了。

还剩一分钟时,我开始行动。

水箱里,小玉正忍受着痛苦。

"到此为止!"我大喊着,举起手。我的声音在那样安静的室内回响着,众人应当都受到了惊吓。我走到水箱前,大喊道:"你们以为干出这种事还能跑得了吗?!"

小玉的叔叔反应还是很快的,这点不得不佩服他。他忽然不见了,再现身时手里已经攥着一个长长的东西。

那是什么东西,我一时间没反应过来。不过这也是好事,如果我看清楚那是猎枪,可能当场就动弹不得了。

"这种事情不能原谅。奴役他人的行为不能原谅!"

我能讲完这种话而不笑,全是因为愤怒。就在这个过程中,小玉仍然浸泡在水箱里。我甚至有些担心了。如果小玉的叔叔没有操作，水箱里的水位是不是就不会下降，那不就真的要了命了？不过已经没有时间了。

距离对调位置只剩下一丁点时间了。

我必须做完该做的事。

不管这事多无聊，那也是我跟风我的约定。

"我要让你们见识见识我的厉害。你们可能以为会变身的超级英雄根本不存在——"

我环视四周，一群人正傻站着。

我真想问他们，凭什么你们这样的人可以道貌岸然地活着？我简直恶心得要吐了。

"其实，是有的，"我说，"这就让你们瞧瞧。"

我动了起来，动作之前已经和风我练习了好几遍。双腿分开，迅速挥动手臂，然后转身。

出现在我脑海里的是那个女孩子。那个和母亲拌嘴、背着书包负气出走、最后却被未成年男孩撞死的女孩子。

她怀抱着玩偶，被迎面而来的车子撞死的画面在脑海中浮现，我慌忙将其挥散。

我也好，风我也罢，可能都觉得这至少算是对那时候的一种补偿。

小玉，她并不是那个小女孩。这不是从头来过，也不是为败者办的复活赛。只是我们想帮助别人，这样多少能够填补心中阴郁的空洞。

我喊出了那个至关重要的词，可能人生中再也不会有第二次。

"变身！"

同一时间，我的身体发麻，感觉被薄膜包裹着。

☆

传送结束后我发现面前居然有人，可能还叫了一声，吓了一跳。定睛一看，才明白那是镜中的自己。

我以为自己在窄小的衣柜里，脑子很乱，不知究竟是怎么回事。结果这是一个试衣间。

"衣服怎么样，合适吗？"

身后的帘子外面传来问话声。这应该是某个服装店的试衣间，挂钩上挂着一件外套，可能是风我选了拿进来的。还有一个纸袋子，里面装的好像是风我换下来的衣服，我决定把它带回去。我摘下眼镜，塞进口袋，然后走出试衣间，把外套还给店员，说不买了。

走到店外，我打量了一番，发现这是离家徒步约三十分钟、紧挨县道公路的一家服装批发店。

风我跑到这种地方来干什么？这个疑问只在我脑海中存在

了一瞬间，很快我就明白了。一定是因为他想选一个适合换衣服的场所，还能顺便检查自己的造型。

于是，我骑着自行车朝岩洞大婶的店铺去了。每当不知该在哪里碰头时，我们总是选择那里。店铺用来摆放商品，也是仓库，还是大婶的住处。每到夜晚她就在里屋看电视，玩马里奥兄弟什么的。

我选择在大婶店门口等着。在外打发时间是从小到大每日必做的事，也是我为数不多的特长之一。我靠在栏杆上仰望天空，夜幕下的昏暗云层缓缓飘动着，月亮被遮挡了，然后又现身，如此循环往复。

风我到底怎么样了？

顺利结束了吗？

这种事到底怎样才算顺利结束？

刚才房间里发生的一切，在我看来都不像现实中该有的事。

摆放在白色房间里的水箱，满满一箱的水，落入水箱的全裸女孩，飘摇的发丝，生无可恋的脸，痛苦的表情，那一切真的发生过吗？

我又歪起头，看到云朵悄无声息地飘过，抚慰着天空。四周一片寂静，仿佛能听到熟睡的夜在呼吸。街道的各个角落，甚至世界的各个角落正在上演着种种恐惧。这是肯定的。当还是孩子的我们受那个人摆布时，当我浑身涂满色拉油挣扎着救出风我时，那时的夜晚肯定也是这样静悄悄的。我们的惨叫、我们的求助，谁都没有听到。每当这样想时，我就有一种无力的感觉，同时又惊叹自己居然还活着。

比起小玉，我更担心风我。

虽然他早已有所觉悟，也设想过即将面对的情况，可当他猛然进入那个房间目睹小玉的惨状时，一定会丧失理智吧？至少他肯定不能保持冷静。

他很可能对小玉的叔叔及在场的其他参与者施以过激的暴力。换作我，如果手里有能夺人性命的工具，也有可能在愤怒的驱使下去杀人。因为实在没有值得犹豫的理由。

所以，当我见到风我一只手握着长铁棍——那是他从工地上捡来的——另一只手拎着纸袋慢腾腾地走来时，连忙迎上去问他："没事吧？"其实我大概就是想问他有没有做得太过火，有没有招来警察。

"还行吧，"风我的声音听不太清楚，"那人手上有枪啊。"

当我看清他的模样时，差点笑出声来，不过我还是先说道："我看见了。"

"谅他也没使枪的本事。哼，不过他倒是真开了一枪。"

"居然真开枪了？"

"打偏了。周围的人吓坏了。"

"小玉呢？"

"嗯？嗯，应该没事。我打破水箱放她出来了。"他说着稍稍举起手中的铁棍。

"你就那么把她丢在那里了？"

"还是别让他们知道是我干的比较好吧？"

我这才重新打量了一下风我的装扮。亏他能想得出来，我不禁感叹。他的脸上从额头到鼻根附近都被面罩遮着，只有眼睛那里露了出来，可能在学侠盗佐罗。面罩是深绿色的，似乎是风我的喜好。身上穿的是深蓝色的连体衣，也不知是摩托车服还是工作服，拉链拉到胸口那里，领子竖着。

他的头发湿了，再仔细看，发现身上到处是水迹。

"像不像那么回事？"风我问。

我和风我对换位置时，周围的人会在一瞬间静止，所以风我替换我出场的时候，如果扮作超级英雄的模样，周围的人或许会认为"他怎么真的变身了"。这是风我的主意。

我觉得这太蠢，一开始只付之一笑，最后还是同意了。因为我回忆起自己小的时候就常常祈求会变身的超级英雄来出手相救。如果能实现一个孩子纯真而强烈的愿望，那也不错。

"嗯，多多少少吧。"我回答。

"也不知那帮家伙看在眼里是什么感觉。"

之后，我终于能听他说说传送后的事情了。

风我在房间现身后，首先被水箱吓了一跳。他知道水箱里的是小玉，但他没仔细去看。"我明白我要是去看，肯定会失去理智，反正我是拼命忍住了。"

他挥舞手中的铁棍，敲碎了水箱。水漏出来后，小玉的叔叔滑倒了。风我也站不稳，但没倒下。

看到小玉从水箱里顺着水势滑了出来倒在地上，风我差点就冲了上去。她叔叔还在一旁，虽然倒地了，但仍拿着枪瞄着，所以风我赶忙卧倒在地。枪响了，有人大叫。

风我起身，毫不犹豫地冲向小玉的叔叔，狠狠挥起了铁棒。

"本来是对着头的，没打中。"风我若无其事地说，"然后我就使劲儿砸他后背。"

他说小玉的叔叔嘴里发出动物般的嚎叫声，最后动弹不得。

"呼吸还是有的。后来，我又揍了其他几个在场的人。哼，最后还是让他们跑了。然后还有这个。"风我举起纸袋。

我看了一眼，里面装了许多一万日元面值的钞票。当初我们商量着，从岩洞大婶那里借的钱得带回来，不过这显然要比那些钱更多。

"钱都摆在那儿，我就顺手拿了些回来。"

"这是……"除了一捆捆的钱之外，里面还有几张小卡片。

"反正那里有什么我就装什么。"

我把那些卡片拿出来，原来是名片。我的学生证，哦，应该是假学生证也在里面。名片应该是来看会员限定演出的那些人的。

地下室的事并未闹大。

估计是在场的某个人给妥善处理了，为的是掩盖那恶心的水箱表演的真相。我想。

小玉的叔叔也不知是哪根神经被打坏了，不但身体动不了，连话也说不出了。她叔叔的家人都四散了，听说最后也不知被什么人给送进了护理站。

这就是风我和我在高中时代所干的大事——拯救小玉的始末。

从叔叔那里脱身的小玉开始了和风我的同居生活。这也代表着，我活这么大将第一次面对没有双胞胎弟弟的日常生活。心虚是有一些的，只要风我能在安全的地方过上幸福的生活就好。我想，只要另外那半个自己没事就行。

"优我，你也出来住呀，大不了我们三个人过。"风我不止一次地这样对我讲，可能他有些内疚吧。

"那还是算了吧。等上了大学我就一个人生活。"我觉得等上大学后靠打工应该能付得起房租了。

"你该不会是想去东京吧？"

我的大学志愿还没有填，当时被风我这么一问，我才发现自己并没有远走高飞的想法。"在东京住太费钱了,最好还是在仙台吧。"

"哎,"风我抱起胳膊,"你在那种家里能好好学习吗?"

"你还真别说……"我回答到一半,又觉得也没必要逞强撒谎,"不行。"

风我笑了。"这有什么可真别说的。"

"我还在学习,他就带女人回来,一脚踹开我。"而且他也不管儿子在不在,直接就在榻榻米上开始和那女人……他算准了我会因为不舒服而出去。在那个小房间里,被迫听那些下流的声音,实在叫人无法忍受,精神上的刺激比想象中大得多,所以每当那种时候我都到外面去避难。

"你等等……"高杉又插嘴了,"那个,你们的母亲呢?"

"哦,我没有说吗?"有些事情自己知道,就常常以为别人也知道。

我说过我的话里有许多谎言和省略的内容,不过这个真的只是忘记了。

"上高二那年的冬天就不见了。"

"不见了?"

"有一天没回家,然后就再也没回来。听说是在外头有了男人,跑了。"

得知这些的时候，我和风我都很意外。没想到那样一个人，看起来就是无能又不知反抗的典型，居然还有能力做出那种事。可能她感觉到了自身的危险，又或者是拼命使出了最后一丝力气吧。只不过，无能的运动员无论到哪个队伍也不会有所作为。我们对她的行为抱以嘲讽，觉得她去哪儿也没用。

"母亲不在了不会觉得失落吗？"

"会啊。"我立刻回答。

她消失了，这件事情本身我觉得没什么。我们再怎么受虐待，她也会装作看不见，甚至为了自保还站在那个男人那一边，实在让我们无语。我们对她只有轻蔑。这算什么妈妈？那个时候我还希望能有那么一天，她会跟我们赔罪，说一声对不起，承认自己以错误的方式养育了我们，是自己不对。可是后来居然让她给跑了，那这个愿望也就无法实现了。

这让我十分失望，几乎失去了所有的气力。

"嗯，那么，你高考考得怎么样？"

"托您的福，考上了。"

我嘴上说得简单，实际根本不简单。先不说学的东西难不难、有没有时间学习，我连最基本的学习场所都无法保证。那个人如果带女人回来，我就只能往外跑。可就算抱着参考书和试题集出了门，大晚上的，能给一个高中生提供容身之处的地方太少了，而我也不愿意去找风我和小玉。

风我给了我一个提议："高考补习班不是都准备了自习室吗，要不然你去补习班听课，这样就能用那儿的自习室了。"

这我也想过。"可是那要花钱。"

"正好能派上用场啦。"

他指的是从小玉叔叔家里抢回来的那些钱。还完岩洞大婶的钱后还剩了一些，风我便保管着，说紧要关头再拿出来用。

这算不算紧要关头？即便是紧要关头，又该不该用那些钱？我脑子里还一团乱麻呢，风我却已拿定了主意。"就是现在。"

"现在？"

"现在就是该用钱的时候呀。十五分钟也不能等。"

他可能想说刻不容缓。

"你的脑子好使，一定能上大学，过上好日子。有了那些钱，你就能去补习班啦，大学学费也付得起。"

可能在风我看来，补习班跟他的人生无缘，也不知道去那儿，究竟要干什么，所以提到这个词的时候，他的表情仿佛在说那里十分可疑，而且也不是什么好地方。

"可是……"我问自己为什么在犹豫，然后说出了自己的答案，"那是我俩的钱，不能只用在我一个人身上。"

风我笑了。"那正好呀。优我的人生，也是我的人生。"

"你说什么？"

"两个人，两种人生，不管哪个都是我们的。"

最后怎么样了?

我报了补习班,尽可能集中精力学习。当那个男人在家胡作非为让我不得不出逃的时候,我就去自习室。最后,我考上了市内一所大学。风我和小玉为我庆祝,请我吃了烤肉。后来听说,那钱好像是岩洞大婶出的。反正我终于离开了那个家。

到此为止,就是我高中时代的故事。你问接下来发生了什么?真不好意思,耽误了你这么长时间。接下来就是故事的结尾了。

那是我读大学之后的事,关于晴子和晴田两个人,还有那个男人和我们兄弟之间的事。

☆

我成了大学生,在爱子站附近租房生活。那里稍微远离市中心和繁华地带,但是可以骑摩托去大学,乘坐仙山线的话大约三十分钟能到仙台站,并没什么不方便。

我住的是一栋廉价公寓楼,上、下两层,每层四个房间。虽然房子很旧,但我终于摆脱了紧张和不快,可以独自生活了。我获得了做梦一般的自由和安稳,再也不会在熟睡时挨踹,也不会在不说话时被吵骂声折磨。一想到正常人从小就过着这样的生活,我心中的愤怒比羡慕更甚。

我开始在一家挨着县道的便利店打工。就是在那里工作时认识了那两个人,当时我已经上大二了。

那天上午没有课,快中午时我还在收银台干活儿。一个年轻女人买了几包游戏卡牌,她身旁站着一个小男孩。

男孩等不及出门就打开了一个包装盒,抱怨了一句"没中",就把卡牌甩给了女人。

女人没接住,卡牌掉在了地上。

"你不可以这样。"女人责骂道。

他们年龄差距较大,我感觉是姐弟。

"我才不要那么弱的卡呢。"

我随即走出柜台,拾起地上的卡牌。其实我并不需要那样做,不过当时也没其他客人在,我就想这点小事也没什么。

"呀,不好意思。"她走过来准备接过卡牌。我并没交给她,而是问男孩:"这很弱吗?"

"什么?"她反问道。可能当时她觉得我是个脾气不好的店员吧。

"很弱呀,靠这卡也赢不了。"男孩说。

他个子并不高,看体格明显是个小孩子,不过说话很利索,似乎头脑还行。

"那,可以给我吗?"反正他本就准备扔掉,这样说也没问题。男孩果然回答说:"可以啊。"

"这是什么样的游戏呀?"我问道。男孩说了一个我不太熟悉的名词,好像是个游戏的名字,但我没听明白。然后,女人又用清晰的发音对我说了一遍。"是一种两个人玩的好像扑克一样的游戏卡牌。"

"哦。"我的回答没有感情,仿佛并不感兴趣,连我自己都有些意外。后来我觉得,当时我只是不愿意别人察觉出我内心的变化。

第二天,我在大学教室里像平常一样一个人坐在座位上,手里随意摆弄着那张卡牌。一个同学碰巧路过,他跟我上外语课时是同桌,所以也算面熟,虽然我连他的名字也没记住。他说:"哟,好怀念呀。"

我问了才知道,这个卡牌游戏好像十多年前就有了,他说他小学时经常玩儿。

"这个卡很弱吗?"

"欸,真的假的?"

"嗯?"

他笑了。"有些自动贩卖机,你在那儿买果汁,如果中奖了还会送你一瓶。"他说,"买的时候肯定以为不会中,如果真的中了就很意外呀。"

"你这是在说我?"

"我就那么随便一说,没想到你会真的搭话。"

确实，我在大学里也没一个像样的朋友，总独来独往，没有跟人亲密交谈过。我不觉得那有问题，也没有不满意。

"哦，刚说什么呢？对了，这个卡。嘿，我玩的时候已经是很久以前的事儿了，新出的卡其实我也不太清楚。"

"是吗？"

"不过这个游戏需要把很多卡牌组合起来使用，有些看起来很弱，如果组合方法正确的话也很强的。"

"哦，"我再次盯着卡牌，"怎样可以学到那些玩法呢？"

"要不，你去卡牌店问问？我小的时候就常常去卡牌店。哦，我是仙台本地人，所以都去仙台站前面那个店，那里的店员总会教我，比如要用什么样的卡牌组合成一副厉害的牌组。"

"牌组？"

"四十张卡是一副牌，然后拿来跟别人对战。怎么，你连游戏规则都还不知道吗？"他有些意外地说着，不过似乎并不介意教我。上完课，他就在食堂的餐桌上跟我讲了一遍卡牌游戏的玩法。没有实战，有些地方我也听不太懂，他就建议我说："卡牌店里说不定也有专门用来体验游戏的牌组。"

我为什么这样？我对卡牌游戏并不感兴趣。

估计，这是我的猜测，对于那些一打开就被贴上"赢不了""很弱"标签的卡牌，我可能想再给它们一次机会。我和风我也是一出生就被认为是"多余"的，过着弃儿般的生活，但我们都没有放弃,紧抓住一切机会活了下来。如果人生有奖项,即便得不到一等奖,我们至少也配得个参与奖、鼓励奖什么的。我们或许在期待那一天的到来,觉得自己值这点东西。同样的道理,当时我觉得这些卡牌也一样应该拥有发挥本领的场所。

"你可不可以告诉我,卡牌商店在哪里?"

"可以啊,你用手机也可以查到。"

"我没有智能手机。"

"真稀奇。"他很惊讶。

"我没钱。"其实我回答得很坦率,可他似乎觉得那是玩笑话。

下课后,我就骑摩托车到了仙台站,去了他说的那家卡牌店。

车站前盖了一座新的购物商城,在它的后面有一栋小楼,我在最里面找到了那家店。玻璃柜台下面展示着各种卡牌,我都看花了眼,不知该怎么办。从小我就没碰过游戏啊、玩具啊什么的,感觉很新鲜。

我定下神,然后朝收银台走去。我和风我从小没能从父母那里得到任何教导,为了不至于跟社会脱节,我们掌握了很多方法,我决定按照其中之一来行事。

"有不明白的事,就问明白的人。"这样最快捷。

上小学时，有一次我们在上学途中迷路，就找了个同样背书包的人问。从那以后，我们就一直这样，一有不明白的事情就问别人。有时候被问的人很惊讶，瞧不起我们，说"怎么连这么基本的东西都不知道"，这我们也习惯了。被瞧不起一下又能怎么样？

普通人觉得理所当然知道的东西我们不知道，普通人肯定会有的东西我们没有，我们就这样活到了现在。就连当初上幼儿园时，我们都还不知道原来每天都可以吃晚饭。

"你好，我想咨询一下这个卡牌游戏的玩法，可以吗？"我问收银台旁边的店员。他戴着眼镜，身材偏瘦，貌似比我年轻，但应该不是高中生。

他疑惑地应了一声："嗯？"

"我想玩这个卡牌游戏，但是不知道规则。"

"哦，这样啊。"店员仍面无表情，看了一下时钟后对我说，"马上就到休息时间了，请稍等一下好吗？"

我当然会等。我茫然地看着那些展示柜，看也看不明白，我就看上面的插画、文字什么的打发时间。

不久店员就来了，他往里指了指，道："到那边吧。"

里面摆了几张长桌，几个初中生模样的人正在上面摆着卡牌。

见眼镜店员坐下，我就坐到了他旁边，结果他十分认真地对我说："哎，看来得从这个开始教。"

"从这个开始？"

"嗯，这个游戏，需要面对面坐下。你不要坐旁边，请坐到我对面去。"

"是吗？"我说着就连忙动身坐到了他对面。看着这名店员，我总有种熟悉的感觉，后来才发现，他有点像我小学和初中时的同学——脏棉球。

店员递给我一打卡牌。"这是一副初学者也能用得好的牌。"

"哦，嗯。"之前我已经听说了，四十张牌组合成一副，每一副牌都是持有人按照自己的战术选定的，所以内容各不相同。根据牌组内容不同，作战方式也不同。

接下来我们就开始对战了。本来不该让对手看见的牌现在是摊开的，这样好一步步地介绍游戏流程、方法、规则。

他态度不算亲切，不过说话条理清晰，所以很好懂。有什么不明白的，我一问，他就会流利地回答。大约三十分钟后，他起身道："我差不多得回去了。"

我这才刚刚入门，还希望他继续给我上点课呢，不过他确实还有工作要做。

店员似乎看出了我的心思，对旁边一个初中生道："哎，你——"那是个身穿校服的初中生，此时正一个人看着自己盒子里的卡牌。

"嗯？"

"你来教教这个哥哥吧。"

"哦，好。"

就这样，老师换人了，我得以继续上卡牌游戏课。

"然后呢，怎么样了？"大约十天后，我跟风我提起了卡牌游戏的事，他听完就立刻问道。

"基本上了解啦，还让卡牌店的顾客跟我对战了好多次。我根据他们的意见买了卡牌，自己排列组合成了牌组。"

"排列组合成了牌组这种绕口的文字我没兴趣，"风我撇嘴道，"我想问的是，你跟那个姐姐呢？有没有再见面？"

"姐姐？"

"别装傻了，你小子喜欢上那个来买卡牌的姐姐了，这太明显啦。"

我不知该怎么回答。我也没打算装傻。什么喜不喜欢！当时和她聊那些卡很弱时她的脸长什么样，我都不记得了。

"优我，你一说我就听明白了，你对年长的姐姐一见钟情啦。"

"你这是在戏弄我？"

"怎么可能呢！"风我笑道，"你知道我是谁吗？"

"我的双胞胎弟弟。"

"打从娘胎里开始我可就一直跟在你身边,不光你在想什么,连你感觉到什么我都知道。"

"说的你好像一个变态跟踪狂一样。"我直愣愣地盯着风我,开玩笑地说了句"真可怕",然后又补充道,"不过那个姐姐的事情我可是真的不大记得了。"

"但是,你现在不是玩起那个卡牌游戏了吗?"

我只是想让很弱的卡变得不那么弱。

"不,不是的,你其实是想通过卡牌游戏跟那对姐弟套近乎。"

我不禁嗤笑,还带着困惑。我说道:"真没有那回事,"他这种过分笃定的语气甚至有些令我生气,"乱栽赃也得有个限度。"

风我不觉有愧,也没道歉。他一定也明白自己的判断其实有所偏颇,可他还是笑眯眯地说:"嘿,要我看呀,还有机会。"

"什么机会?"

风我看了一眼在一旁一直笑而不语的小玉。她轻声说道:"你如果再次见到那对姐弟,和他们一起玩卡牌游戏的机会呀。"她仿佛看透了风我的心思,这让和风我拥有同样的遗传基因的我有些嫉妒。

风我和小玉,一个没猜对,一个的预言实现了。

有一天，当我正在便利店摆货时，那个女人和孩子走了进来，商量着要买些什么。我当时蹲着，抬头一看，不自觉地"哟"了一声。

这一声"哟"使二人面露疑惑。

男孩用手指着我说："哎，前不久那张很弱的卡牌，我记得。"他的腮帮子鼓鼓的，透露出稚气和傲气。说前不久，其实已经过去很久了。

"哦。"女人的表情有所缓和，但仍未放松警惕。

"那张卡，其实很有用。"

"净骗人。"

"真的。"

"那很弱的。"

"这样下结论还太早。"

"凭什么呀？"

没想到机会还真的来了。我感到胸口怦怦直跳，可能这也有些夸张了。然后我说道："要不，下次来一场对战？"

她可能以为我只是说说罢了，把这句话当作了玩笑，可我反而挺认真。男孩马上答道："好呀。"自打我开始往卡牌店跑，和那里的顾客对战、交流之后，我才明白，他们无时无刻不在寻找对手对战。因为这是两个人的游戏。

"什么时候？"男孩问。

"什么时候都行。"我没好意思说,卡牌随时都带在我身上。

"好啦,别闹了,店员哥哥要工作。"她一边打圆场,一边将便当放进购物篮。

这时我才仔细观察了她的侧脸。哦,原来她长这样啊。我心里想着,有点发呆。"优我,这不就是你喜欢的那种女人吗?"耳边仿佛响起了风我得意的声音,真烦。

"店员哥哥,你什么时候可以?我带我的牌来。"

求之不得。我点头,和他约好第二天在附近的公园对战。那里有木桌,还有长椅。我们还说好了下雨就终止,刮大风也不行。不过,天气看上去一时半会儿变不了。

"真的可以吗?"她面带愧疚地问我,那眼神似乎在审视我究竟是不是一个坏人。

男孩接着开口:"妈妈,明天可以吧?"

风我没猜中的就是这个。这也怪我,一开始就误会了。她和他是母子。

第二天,男孩带着两个朋友来到公园。她虽然也跟着来了,不过只问了我一句"可以先去超市买点东西吗",然后就走开了,看上去还挺信任我。不过男孩后来告诉我,其实妈妈早已叮嘱过他:"那个店员哥哥一有什么可怕的举动,一定要马上跑开。"她告诉男孩,公园前面就有派出所,就往那里跑。

终于，我们开始了卡牌对战。这四十张卡牌也费了我一番心思，从卡牌店的店员到一些熟客都给过我意见，中间也换了不少牌，花出去不少钱。有些卡牌价格惊人。我则跟众人商议说，尽量用便宜的，我还是想少花点钱。

开始比赛时，双方并不知道彼此的牌组里都有哪些牌。通过猜拳决定谁先谁后，然后从自己的牌堆里抽牌、选择、放置，一个回合结束。

我从开始接触到现在也不过半个月，只能算个初学者，幸亏连日来一直往卡牌店跑，积累了经验。

运气也站在我这一边。

开局的手牌挺好，中途抽的牌也很理想，没花多长时间，我就胜利了。

面对一个小学生动真格的，或许不是成年人应有的风范，但我本来就是想来一决胜负的，所以很开心。

然后，他的一个朋友坐到我面前说："那你跟我来一局吧。"我没有理由拒绝，重新洗牌，然后开始对战。

可能因为对方牌组的战术跟我的有一拼吧，苦战了一场，最后我还是赢了。当对方以强势组合发起进攻，就要获胜的时候，碰巧我的卡牌发挥了恰到好处的作用，一下扭转了形势。之后我要做的就是小心谨慎，不犯错即可。最终我胜了。

可能这场胜利颇有戏剧性，观战的小朋友都很激动，他们围观着那张逆转局势的卡牌,心怀崇敬地称赞道:"这卡真强。"

"但是,你看这卡,"我得意地对男孩说,"可是你给我的哟。"

"啊?"

"你说它太弱,打算扔掉。"

他终于想起来了,一把从我手中抓过那张卡,翻来覆去地看了起来。"还真是的。"

"便宜倒是很便宜。"卡牌的价格由它本身的作用和市面上流通的张数所决定,强而稀有的卡就很贵,"不过,使用方法得当的话……"

"你那种用法我还是第一次见。"男孩感慨时,我感动得仿佛达成了人生目标,就差振臂高呼了。

就在这时,她回来了。她身姿挺拔,步履轻盈,有种清纯的气质。我这样说肯定要被风我嘲笑——她走过的路仿佛都洒满了阳光。

"啊,妈妈。"男孩开口。

妈妈?是呀,是妈妈。我再次告诉自己。

"你怎么就没看出来?"后来风我听我说完,不知为何竟有些生气。

"因为她看起来很年轻。"实际上她还没到三十岁,孩子九岁，两人之间的年龄差距并不大。而且因为她个头偏小，娃娃脸，我压根儿就没朝母子那方面想，以为二人是姐弟。

"就算是那样，正常情况下也能看出来吧。"

可能我心里的某处还抱有幻想，希望二人并非母子吧。实际上就连男孩叫她妈妈时，我也还是不甘心，心想，该不会有些地区就管关系亲近的姐姐叫妈妈吧？也许男孩就是在那种地方长大的？归根结底，我就是被她吸引了。风我毫无根据的直觉还真是不容小觑。

"游戏怎么样了？"面对她的询问，男孩和伙伴们做了汇报。可以感觉到他们虽不甘心，但也很享受过程。我又举起那张原本被认为很弱的卡道："我用之前他给我的卡赢啦。"

我期待着她的赞许，所以当她拍手称赞"了不起"时，我甚至有种错觉，仿佛自己已抵达了人生的巅峰。唉，其实，那样开心的时刻在那之前和之后都没有过。

"我说，优我——女人对男人说'了不起'时，其实心里想的是'无所谓'哦。"后来风我这样对我说过。即便当时她拍着手，嘴上说的是"无所谓"，我也一样欢天喜地。

"您是他母亲呀？真看不出来。"我这样询问时，已经没抱什么希望了。因为男孩面对她时的态度，明显是孩子面对母亲时的那种。

"我生他时还很年轻。"她这样说的时候，男孩也同时答道:"我出生时她还很年轻。"

后来我们在公园玩了将近一个小时,最后孩子们都去公园里的游乐设施那里玩耍了,我和她就站着聊天。

我心里也有数,当时我如果被拍到,下面肯定会加上一行"纯情大学生试图亲近少妇"的文字。

我还没放肆到主动套取她的私人情况的地步,再说我也没那个本事。我只是跟她聊一些无关痛痒的事,我知道了她的名字叫晴子,男孩叫晴田,她丈夫叫晴生。

"用的是头韵呀。"

"什么头晕?"

她会错意了,我也没有纠正的勇气和技巧,只能含含糊糊地附和一句:"我有点头晕。"

"然后呢?"风我心里很是得意。他已经拥有了小玉这个恋人,每当谈起这方面的话题时都洋溢着一种优越感,类似于"你并不了解女人,我却很了解"这种,但我也没有特别在意。我们可是从头到脚都几乎一样的双胞胎呀,有些差异也很难得。

"那一天就这样结束了。"

"那一天——"风我意味深长地重复了这个词,"她多大来着?"

"比我大九岁。"我尽量不带感情地回答,仿佛只是在报告一个统计结果,"她说生孩子时她十九岁。"

"相差九岁。"

"差一百岁也是一样。"我的意思是,我们反正也不会交往。风我却故意要错误解读:"在爱情的力量面前,年龄的差距不值一提。"

之后,我也常见到晴子和小晴田。我把二人看作常光顾我打工的店里的客人,即便只是打个招呼,我也很开心。每当站在收银台前时,我都会想他们今天会不会来。这也没什么好自责的,就好比你看着窗外,期待平日里常见的那只鸽子今天能来一样。

"那她丈夫的事,你又是什么时候知道的?"

"具体什么时候我也忘记了。"是小晴田说的,他说他没有爸爸。

一开始,我很震惊。

他是什么意思呢?我想。一开始我想到的是离婚。年轻的时候结婚,也正因为太年轻而起了冲突——这样猜想的我,自己也太年轻——反正最后是离婚了。这样的情况也是有的吧?

但是,此番猜想很快失去了意义。

因为小晴田又提供了新的情报:他爸在他很小的时候就死了。

"这就大不相同啦。"风我的表情有点严肃,"离婚和死别……"

"没什么不同。"反正,我也没打算和晴子在一起。我本想执拗地再纠正一下他,可又觉得越是强调显得我越在乎她,于是就放弃了。"只不过——"

"只不过?"

"不久前,我跟晴子聊天时……"

"跟顾客闲聊的便利店员工应该被开除。"

"不是呀,那是在和小晴田玩卡牌的时候。"

"果然,你们在便利店以外的地方也见面了。"

"我的牌组也是好不容易凑出来的。"

"是你排列组合的牌组?"

"反正,有一次,聊着聊着,就聊到了小晴田父亲去世的话题上。"

我说了一句"真不容易",可能这听上去像是一句不痛不痒的话,但我心里真的这样觉得。

结果她神情有些落寞,轻声说了一句:"嗯,不过,大家都差不多。"

大家都差不多?这是什么意思呢?

风我也问:"大家都差不多?这是什么意思?"

"我没细问,估计——"这只能猜测,我心里有个想法,

"既然是小晴田还小的时候,可能是那次。"

那次什么?风我刚问了一半,便"哦"了一下点了点头。我说的是那次大型自然灾害[1]。

"如果是大量的人同时遭遇不测的话。"

"有道理。"风我咕哝道,"就算许多人都不容易,那也没必要自己强忍着,不是吗?"

"没错!"

但是,晴子觉得"大家都差不多"。或许她总是这样告诉自己,好让自己不要只顾悲伤,要坚持往前看。

这不是我能插嘴的问题。

"这可有些太过沉重了。"

我知道他想说什么。"我本来就没想过和晴子之间有什么关系。我不过是个大学生,而她是一个尽职尽责的母亲。"

可能我更像是试图通过一句咒语来平复心情,风我看在眼里,以安慰一个逞强的孩子般的神情说道:"明白明白。"

"不过,我也想通了。"

"什么呀?"

"我只是想开开心心地跟晴子和小晴田一起玩耍,不再幻

---

1 此处应指 2011 年 3 月 11 日日本大地震。据仙台市 2019 年 3 月 1 日统计,市内共计 904 人在地震中丧生,其中男性 501 人。

想和她成为恋爱对象什么的了，这样也挺好。"

"你看，我就说你一直以来都把对方看成恋爱对象了吧？而且，你对一个有夫之妇有想法，这才是问题吧？"

"我那种恋爱的感觉也不是那么明确。"关于我和晴子之间更亲密的关系，我并没有具体想过，就连妄想都没有过。

"接下来呢？继续做一个她家附近便利店的店员？"

"做一个开朗大方的哥哥。"

"你究竟是怎么想的？"

"我自己也不知道。"这是真话。如今再冷静下来分析，可能我当时虽然嘴硬，但心里仍然对晴子有一种近乎憧憬、迷恋的感情。如果不是那样，后来我也不会主动提议去动物园或者游乐场，也没有必要邀请他们去野外烧烤。当时的心情，一定类似于那种明知无法同偶像明星交往，仍然无法控制自己去向往。当晴子告诉我，她通过公司关系买到了便宜的票，邀请我一起去看太阳马戏团的演出时，我感觉如果自己真的有尾巴，一定早摇上了天。

有一次，便利店的工作结束后，我坐上仙山线在爱子站下车，碰着了一个面熟的女孩子。

我认出了对方是和我同一个专业的同年级学生，她挥手跟我打招呼："哦，常盘。"她的头发编成辫子盘了起来，看上去挺新潮，也很适合她。身上穿的卫衣和牛仔裤乍一看挺普通，不过也有可能是名牌。

我说不出她的名字。不是我想不起来，是我根本就没记过。

"嗯……"我含糊地应道。

"你住这附近？"

"是啊，就在前面不远。"

"真少见啊。大家一般都住那边。"她抬起右手往东边指了一下。

"是吗？"我对那些并不感兴趣。

"常盘，你加入什么社团了？"

"社团？并没有啊。"

"看你好像总是在认真听讲。"

"还行吧。不就是为了那个才来上学的嘛。"

她很自来熟地跟我搭话，我不知道该用什么态度回应，只得一边附和一边试探。不知道她什么目的，简直有点像审讯，我甚至想赶紧把自己的包拿出来让她检查。

"你放假都干什么？"

"打工吧。不是去便利店，就是做家庭教师。"

"不出去玩儿什么的？"

"玩玩卡牌游戏吧。"我回答，她对此似乎并不感兴趣，只拖长了尾音说了声"哦——"。

"呀，常盘哥哥。"有人叫我。我转头一看，小晴田和晴子正朝我走来。

"放学了？"晴子问我。

"嗯，刚回来，"我说，"你们要坐地铁？"

"去仙台站那边。这个时间开车很堵，而且，晴田喜欢坐地铁。"

"是吗？要不我也跟你们一起去吧。"我刚说完，刚才一直跟我聊天的女生露出惊讶的表情看向我。可能她惊讶的样子使晴子感到了异样，晴子赶忙行礼解释说："哦，不好意思，常盘平时很照顾我们家孩子。"

"刚才我说的卡牌游戏，就是和他一起玩的。"

她来回打量着晴子和小晴田。也许她也觉得比较意外，因为晴子看上去并不像一个那么大的孩子的母亲。

"这是哥哥的女朋友？"小晴田问道。

我一惊，连忙看晴子，然后又坚定而迅速地说："我今天第一次跟她讲话。"简直就像是要洗清自己的冤屈似的。我自己也觉得有些过激，便试图改变话题。"对了，学校那边没事了吧？"

"嗯。只不过，好像还没回来。"

"你们这是说什么呢？"旁边的女生插嘴道。

你还在呢？我也不知道自己的这个想法有没有表露在脸上。

"你没看新闻？市内有个小学生失踪了。"

"哦，新闻上播了，"她点头，"大约两周前吧？"

一名小学男生在放学回家的路上失踪了，有目击者说看到他被车子带走了，这桩绑架案受到了关注。一直没有案情进展的消息，一周前又有一名小学生失踪了，就是小晴田所在的学校里的一名女学生。小晴田跟她不是同一年级的，所以没见过。孩子们都非常害怕，更别说教师和家长们了。

这时候，我又想起了另一名小学生。记忆的弦一旦被触碰，与之相连的初中时的场景就会在脑海深处复苏。

她怀抱着玩偶，被汽车迎面撞击的画面浮现在脑海中，我的胃部一阵痉挛。

"对了常盘哥哥，那个约定你还记得吧？"小晴田问道。

"什么呀？"

"去打保龄球呀。"

我完全忘记了。前不久小晴田邀请过我。我还从未打过保龄球，当然那只不过是出于经济上的原因。于是我对小晴田表示："我也没打过，那就一起去吧。"两人都是第一次，也不知会打成什么样，我心里没底。在去之前，我得上网看看视频，掌握一下打保龄球的要领。

"哎呀，你要铭记在心呀。"小晴田的用词实在好玩，我笑了。

晴子打了个招呼，便带着孩子朝车站走去。

我正挥手时，还留在原地的女生叫了我一声："常盘——"语气明显比刚才冷淡了许多，"原来你喜欢年长的呀。"

"年长？小晴田可还是小学生呢。"我回答，并不是在装糊涂。她的表情却一下子冷漠了。

"那个……"我忍不住开口，"刚才我们聊什么来着？"

她深深地叹了口气。那似乎并非自然的叹息，倒像是她故意大口叹气给我看。她没有回答我的问题，而是掏出手机摆弄着，跟别人发起消息来，仿佛我并不在场。

我也没在意，转身就离开了。

后来，学校里传起了常盘优我和一个带孩子的少妇有不正当关系的谣言，上课时似乎总有那么一些眼神在远处扫射着我，但我并未放在心上。那跟我现在所讲的故事的主线、情节也没有关系。

"常盘哥哥，真的很可怕。"还是在同一个公园，正在进行卡牌对决时，小晴田这样对我说。

当时我确实稍处劣势，正设法抵御他的进攻，同时祈求牌堆里能出现一张可以扭转局势的牌，所以表情过于严肃。

"不是说你哦，是说失踪的事。"

他这样一说，我才反应过来，他说的还是那些行踪不明的小学生。目击证人和线索很少，如今连新闻也不怎么播报了。

"他们会不会永远都不回来啦？"

"他们会平安回来的。"我当即回答。我当然没有根据，只是觉得使他恐慌也无济于事。我没有想到在不到五分钟的时间里，我的这句话就被推翻了。

傍晚时分，晴子快步走了过来。平时即便她早早结束工作，也会比这晚许多。我正在想可能是出什么事了，她就表情痛苦地说道："学校来消息了。"

她面色非常苍白，我有些担心。

"怎么了？"小晴田问。

"嗯……"她在试图组织语言。我明白这恐怕是难以明说的事。当她终于无法承受而蹲到地上哭泣时，我不知所措。

"你……"我问她，"怎么了？"

失踪学生的遗体被找到了。

为了不让小晴田受到打击，她十分谨慎地选词，避免使用"死了""被杀""遗体"之类过于直接的词，最终开口道："听说人找到了，但没有活着。"

我的眼前出现了那个背着书包、怀抱玩偶的小女孩。

什么时候？在哪里发现的？凶手有没有落网？我有许多疑问，但没必要让她回答。她抱起小晴田准备回家，我试着问："我送送你们吧？"她则轻声回答："不用了。"我没能跟上去。

一到家，我就拿出手机收集信息。那时候我已经有了智能手机，主要是为了跟晴子取得联系。我就是想确定自己跟这次的死亡事件无关。这次和那时候不一样——和北极熊玩偶那次不一样，我想确定这一点，于是上网搜索各种消息。

小学生是在广濑川岸边的草丛里被发现的。

那里距离我的大学并不太远。据说尸体并没有被掩藏。网上有人说，那感觉就好像是丢弃了一个再也用不着的玩具。工作人员清早把卡车停在附近回收垃圾的时候发现了失踪小女孩的遗体。

广濑川好似静静流淌在仙台市内的血管，它作为仙台的象征，毫无傲慢气息，平易近人。有人居然在那种地方做如此恐怖的事，让人觉得仿佛血液里沾染了一种可怕的疾病。

凶手没有落网。河岸附近并未安装摄像头，查不到。一天前有人带着狗在附近散步，直到当天晚上也没有发现遗体。也就是说，遗体是第二天零点到清晨这个时间段被搬到了那里。

☆

"听说当时他想尿尿，然后就倒霉了。"岩洞大婶说。

时隔许久再去废品店，发现店面比以前大了许多。我说看来生意兴隆呀，大婶则说真正生意兴隆的商店才不会有这么多库存呢。可她的肤色显然比当初我们相识时好多了，人看上去也精神了许多，所以可以推测她的生意多多少少有利可图。"有一个那么勤勤恳恳干活儿的员工，能不赚钱吗？"风我曾经半开玩笑地这样说。"人永远会丢弃一些什么。买了新东西，以前不用的就会丢掉。现在又流行'断舍离'，永远有东西要处理。"

第一个发现女孩遗体的人是垃圾回收工，所以我觉得岩洞大婶或许了解一些消息，于是就来了，没想到收获远大于预期。她说那个人曾在这里干过，后来自己出去单干了。更巧的是，他们才刚通过电话。

"他说能听他诉苦的人只有我，那我也没办法。"岩洞大婶苦笑道。

那人清早开着货车出门回收垃圾，顺着广濑川旁边的马路行驶。可能因为前一夜喝了酒，尿急，就停车在路旁小便。他站在河岸边的马路牙子上，无精打采地望着下方风景，看见一个好像巨大人偶般的物体，结果发现是小学生的遗体。

他出于一名善良市民的使命感，打算履行自身义务，成为重要线索的发现者。跟警察说明情况时，他甚至还想象着会受到嘉奖和表彰。警察问得很具体，同一个问题翻来覆去问了很多次，到最后，他才反应过来，自己被怀疑了。

第一发现人其实就是凶手的案子究竟有多少我也不知道，可能那就是查案的常规思维吧。

"其实并不是那人干的吧？"

"只有随地小便是他干的。他也很后悔，早知这样被怀疑，还不如当初别发现了。"

我对他表示同情。不过站在警察的角度上，恐怕也不能轻易放过任何细节。

"不过，其实好像挺惨的。"岩洞大婶用抹布擦着手上的旧扬声器，轻声说道。

"优我，这事儿比你想象的要严重得多。"风我从里屋走了出来，放下手中抱着的一个纸壳箱。

"严重得多？"小学生失踪，被发现时已是遗体，这本就够严重的了。就算告诉我比这还严重，我也难以想象。"感觉好像在说，有些东西比黑色还黑。"

"就是有啊。"风我立刻接话。

"就是有。"岩洞大婶几乎同时说道，"不过还没公开。"

岩洞大婶估计已经从第一发现人那里听到了消息，也就是说，严重到一眼就能看出来。

"他很愤怒，说那简直是不把人当人。"岩洞大婶表情痛苦，咬牙切齿。

可以想象，遗体必然有惨遭虐待的痕迹。我实在不想再询问细节。

"以前也有过啊。"风我说，"那还是我们上初中的时候吧，优我还记得吗？"

怎么可能忘记？

"什么记不记得！它就一直在脑子里。你明明也一样。"

"那时候的凶手是个高中生，"风我回忆着，"比我们大一点，肇事逃逸……"

"那根本不是肇事逃逸，是恶性犯罪，谋杀。"现在回想起来，当时流传的关于那件事的小道消息也是岩洞大婶告诉我们的，"那个凶手搞不好已经回归社会了。"

我看了看风我，我们四目相对。我想起风我提过的律师。如果那消息是真的，凶手必然已经回归社会了，而且根本没受多大惩罚。只不过我不愿意面对，才用了推测的语气。

风我必然也是同样的想法，他说："可能早就过上普普通通的生活了吧。"

"在杀死一个孩子之后？而且是用那样残酷的手法？怎么可能过上……"

"可能。"风我当即说道。

"净说些不好的话。"岩洞大婶叹道。可能她觉得那是风我的黑色幽默吧。

"那些先放一边，接下来会怎么样？"我说。

"什么怎么样？"岩洞大婶问我。风我并没有问。我在想什么，风我基本都明白。

"就两种可能吧,要么凶手落网,要么……"

"要么什么?"

"还会有人成为受害者。这种案子,估计都是这样的吧。"

"清早随地小便时可得多注意了。"

岩洞大婶表情不悦地说道。

"给你看个好玩儿的。"这种试图让别人开心的话,根本不像是我会说的。我对小晴田这样说,是因为我想让担惊受怕的他能够多少开朗一些。

其实并不只是小晴田,因为这件悲惨的凶杀案,可怕又未能解决的凶杀案,使这里的街头巷尾乃至整个仙台市的人都陷入了极度紧张的状态。每个人头顶仿佛都覆盖着黑色云层,畏畏缩缩,在服丧的同时,害怕下一个灾祸会降临。行走的路人,并不熟悉的邻居,哪怕人们并不愿相互怀疑,但照面时仍不禁猜想彼此会不会就是凶手。实际上,像我这样一个租房生活、每天阴着脸往返于大学和住所之间的人,作息又不规律,大白天老在外晃悠,在周围邻居来看,既怪异又可疑。所以,如今大家见到我时都偷偷摸摸地打量我,或者躲避我。

小晴田的学校里情况更严重,在校生成为受害人,这让师生们的震惊和恐慌的程度更为严重。

我通过网络上的新闻得知,有些孩子已经无法正常外出,需要接受心理辅导。我听晴子说，小晴田虽然还在上学，可跟朋友们外出玩耍的次数变少了，放学时也央求妈妈赶快来接他。

晴子因为要工作不可能总在他放学时赶过去，所以当我觉得有必要时，就主动提出我去接他，不过我也痛彻地领悟到自己根本无法代替一位亲生母亲。

小晴田总会向我表示感谢，但他的情绪一直难以平复。如今回过头来想，或许当时我也被怀疑过是凶手。确实如此。人就是这样，虽然表面上会和你玩卡牌游戏，但背地里会干什么谁也不知道，所以不该毫无保留地信任对方。

"陌生人跟你讲话时，不可以随便跟人家走哦。"

"我怎么可能跟人家走呢？"

类似的对话我们进行过几次。小晴田很懂事，关于这一点不用担心。但是，这样一个小小的孩子如此懂事，这事情本身就令人非常痛苦。现实就是，对熟悉的人也不得不抱有戒备之心。

或许我想让小晴田换换心情吧，哪怕只有一点点，所以我才脱口而出"给你看个好玩儿的"这句话。

"什么呀？"小晴田嘴上这样问，表情依然阴沉。晴子也是一副你不用勉强自己的表情。

"你跟他说要让他看什么？"风我不耐烦地问我。不过，我知道他还是会帮我。

"我就是想跟你商量这个。"

小玉回来了,她去饮品吧接了一杯乌龙茶。"商量什么呀?"她爽朗地问道。

"生日。"风我说,"优我说要跟那个晴子约会。"

"不是约会。小晴田也一起,而且他才是主要人物。"

"好好好。"风我故意激我,此时生气可不是上策,反而会让他更得意。如果我站在他的立场,肯定也会高兴。

"优我的生日,那也就是风我的生日。"小玉笑了,"今年我俩去哪儿玩呢?"

我和风我对视一眼。

生日对我们来说,由于一些和普通人不一样的理由,成了一个特别的日子。毕竟每两个小时就对换一次位置,那一天并不只属于自己。当天和别人在一起有风险,我们也明白尽可能不在那一天安排活动,这样才更轻松。

所以今年的生日,我早早就找风我商议,告诉他我想跟晴子和小晴田一起过。我告诉小晴田要给他看个好玩儿的,风我当然明白这意味着自己也将参与其中。风我对小玉说:"哎,当天我们可能有别的安排。"然后看向我,"是吧,优我?"

"对不起。"我双手合十赔礼道。

小玉看起来十分落寞,她微微点了点头,仿佛是碰着了坏天气，虽然不愿意，但也没办法。

"那，你打算怎么办？"风我看了一眼面前的餐盘，拿起一块比萨放进嘴里。

"想给孩子惊喜，其实能做的事情也有限。"

"那就还是变身喽？"

"你也这么觉得？"

"什么变身？"小玉插话道。

"我和优我打算来一场变身表演，给那个，嗯……"

"小晴田。"

"对，给小晴田看。"

"能行吗？"

"差不多吧。"

这方案我们以前也用过一次。那时候需要潜入小玉家中，情况是严重的，但通过位置互换来重现漫画英雄的变身场面，这创意本身无疑是非常妙的。

"哦，那，说不定可以用上那个吧？"小玉当然不知道我和风我正打算通过瞬间移动来表演变身，不过她似乎从对话的只言片语中得到了什么灵感，"风我，就是之前回收废品时找着的那个。"

"哦，那个！"风我拍了下手，"优我，刚好有个好东西呀。"

"好东西？"

"道具服，怎么说呢，反正就是有个能用的。全身套装，超级英雄。"

他说那是他上门回收废品时，人家放在那儿的。

"反正我就拿回来了，还寻思着能拿它干点儿什么呢，"风我苦笑着，"没想到居然还真能派上用场。"

那就这么决定了。

做什么事是决定了，但是，还必须安排一下具体细节。根据时间段的不同，和小晴田他们在一起的可能是我，也可能是风我，所以我必须和他商量好，确保不管在哪种情况下都能顺利进行，包括更换全身套装的方式、场所等。

我也想过，这些具体的细节当着小玉的面聊似乎有些不妥。但发现她不知什么时候点了杯酒，少见地一个人咕嘟咕嘟喝了起来，没过一会儿就趴那儿睡着了。

我们大喜，这才得以将对话进行下去，聊了一会儿我才意识到："小玉是不是为了我们？"

"什么呀？"

"她这样睡着，是为了让我们好说话吧？"

"那也用不着睡觉啊，出去不就行了？"

"那样她也不愿意吧？她不想离开你。"

"谁知道呢？"风我耸耸肩。

"今年生日因为我的事，抱歉。这顿我请了。"我指了指桌上的比萨。

"早知道我就多点些菜了,"他说,"明年说不定要让你配合我呢。咳,不管了,你和我再确认一遍细节流程吧。"

"没问题。"生日那天的行事流程,确认多少遍都不嫌多。根据以往的经验,这是肯定的。预料之外的事情常常发生,尽量设想到每一种可能性,这样才会降低风险。

实行计划前发生了一件比较棘手的事。有一天,我和风我罕见地并肩在商业街行走时,对面过来一个中年男人,他先是"啊"了一声,拿手指着我们,然后咕哝着"没错、没错"就走上前来。

我们不明白什么事,他却指着一条小路招呼我们说:"能不能过来一下?"这也太诡异了,我本想走开,风我却觉得有意思。

"这是我之前偶然拍到的视频。"

说着他向我们展示了一段视频,视频捕捉到了我和风我互换位置的瞬间。在相同的位置,体态姿势忽然发生了变化,很不自然。

"这是怎么做到的?对我来说一直是个谜。"男子笑得露出了牙齿,唾沫横飞,"所以刚才忽然看到你们的时候,我一下子就反应过来了。这就是你们吧?视频里拍到的是你们吧?"

我和风我只是相互看看。

"你们是双胞胎?真是一模一样。可这又是怎么做到的呢?"

就算是双胞胎,也无法来解释这段视频。

"哎,这是类似魔术的手法吧?是不是?啊?"在街上偶遇我俩似乎让他很兴奋,一直缠着我们,让我们教给他方法。他来回打量着我和风我的脸,头扭得越来越快。难道他觉得这样高速地轮流看我们就能使我们的位置对调?

"最后怎么收场的?"高杉插了一句。

"风我吓唬他说要打他,把他轰跑了。因为那视频怎么看都像是偷拍的。"

高杉瞥了一眼他带来的笔记本电脑,问道:"那你们这算是第二次被偷拍了?"

我耸耸肩算是回答,继续刚才的话题:"总之出了那件事之后,我们就对过生日的方式更加执着了。"

毕竟,没有人的厕所里也可能装有摄像头。

"对了,新干线恢复了吗?"

高杉这样问我,我没想太多就拿起手机翻看起新闻来,发现东北新干线的恢复时间还没有定。"好像还没有。"我回答道。

"我还想明天回去呢。在那之前得赶紧给我恢复呀。"高杉嘀嘀咕咕道。

我打算和小晴田一起过生日那次,正好赶上星期天。两个小时一次的传送从早上十点十分开始，这可能是我们其中一人的出生时间，而另一个人的出生时间则肯定是两小时后了。为了消除这个误差，我俩从十点十分开始，每隔两个小时就对换一次位置。我决定，如果要变身给小晴田看，就抓住下午两点多那一次风我跟我对调的时机。

"我只需要穿好一身套装等着就可以，是吧？"

"嗯。我在那边喊一些变身的口号，等着时间到。"

"那样他就会开心？"

"谁知道呢。不过，惊讶总会有一些吧。"我又补充了一点，"至少能让他忘掉绑架杀人犯的恐怖，心情稍微轻松一些吧。"

"你我只是表演一场变身秀，消解不了他的担忧吧？"

"说不定他觉得变身英雄能替他抓住凶手呢。"

"他几年级了？"

"三年级。"

"小学三年级……还会相信变身英雄吗？我们小学三年级的时候早就不相信了。"

没有人能解救身处那种家庭的我们。别说变身超人了，就连邻居们、那些机构里的工作人员，也没有一个人靠得住。"正因为这样啊——"

"正因为这样？"

"你不想给他带去一些信念吗?"

走出餐厅时,风我问道:"可以吗?"

"当然了,在这儿请你吃一顿饭还不是问题。"

"我说的不是这个,而是表演变身给他带来惊喜。按照刚才的流程,变身后的角色由我来扮演,不是吗?"

"对啊,和我对调。"

"那样的话,变身后小晴田惊讶、兴奋的模样你就看不到了。"

到那时,我已经移动到了别处,也就是去扮演风我的角色了。"应该是吧。"

"真的可以吗?"

"没关系。"我并不是在逞强,"风我,看见了回头跟我说就行。"

风我只回答了一句"了解"。

我们当中只要有一个人经历了,就等同于两个人都经历了。

☆

大学的课上完后,最初教我玩卡牌游戏的那个同学来找我说话。"感觉你最近开朗了呀。"

我想也没想就回答:"因为快过生日了。"

"有哪个大学生这么期待过生日的呀，又不是小孩子。"他笑着说，然后又问，"对了，听说你在跟少妇交往？"

我下意识地环视教室，寻找那个女学生在不在。

"我没跟少妇交往！"

"我就说嘛。"

我不明白他这句"我就说嘛"背后是什么意思。

"第一次有人说我开朗。"

他微笑着，脸都有些变形了。他调侃我："你这是过的什么样的人生呀？"

我和他约定下次一起玩卡牌，然后就告别了。我去了厕所，盯着镜子里的自己。我变开朗了吗？哪里开朗了？我自己都无法判断。

毫无疑问，我期待着生日那天。我的人生里，还没有让谁快乐过，还没有以积极的方式让别人惊讶过。

"我懂了。"生日数天前，风我这样说道。

我们已经习惯了对换位置后尽全力扮演对方，如果风我不认识晴子和小晴田，表情自然会僵硬，所以他要求看一看母子俩的照片什么的。我让他看了手机里的一些照片。

"懂什么？"

"懂你为什么喜欢人家。"

"什么意思？"

"咳，以前从没听你提起过喜欢什么样的女生，不过……"

"这种事连我自己都没考虑过。"

"看完照片，我好像都明白了。就是一种感觉，觉得没错，这就是优我会喜欢的人。"

"你瞎说什么呢。"我不悦地应道，同时又感到害羞。

聊生日那天的事之前，我还必须讲一下生日前两天那个晚上的事。为了讲述后来发生的事，这是必不可少的。

谁都有过后悔的时候，后悔当初为什么那样做，或者当初为什么没那样做。在我看来，那天就是这种感觉。

故弄玄虚也没意思，我就先说重点吧。

那个人，在一个偶然的机会来到了我打工的便利店。

你问那个人是谁？

他是在一开始就让我和风我的人生之路支离破碎的罪魁祸首，是我们不愿承认和他有着相同基因的人——我爸。

"原来你小子在这里做事。"

自离开家后，我再没回过那人的家。曾经为了取大学寄到家里的材料，我趁那人不在家时偷偷溜了进去，之后就尽量避免接近那片街区。

他进店时我并没有看见。当时我正在货架边整理便当，旁边出现了一对男女，男的挤到我旁边，几乎要把我踢开似的吼了一句："你在这儿多碍事！"我抬起头正准备说"非常抱歉"，身体就僵住了。

和小学生时不同，我已经长大了，可以说身高、肩宽都已和他差不多。

可这完全没有用，只要我和他在一起，不管身体、内心还是大脑，全都感到畏惧。

我以为自己已经忘记了，以为已经克服了，可一旦与他相对，我就畏缩了。

以前看电影时有一个场面让我几乎想砸烂屏幕，当时的心情可以说是愤怒至极。那是一句并不罕见的台词，是一个对女人施暴的男人说的："我要让你的身体长长记性。"

当时我一定是起了一身鸡皮疙瘩，全身的汗毛倒竖。

因为愤怒和害怕。

我无法容忍这句宣告，它将痛苦和恐惧砸进了对方的身体，打下烙印，让理性和思考都失去意义，让对方无法抗拒。

而我们，至少是我，就因为那个男人，我的身体被迫记住了那些。

"原来你小子在这里做事。"

他那样说的时候，我都张不开嘴。我蹲在地上，手里拿着便当动弹不得。

"起来。"他命令我，我才站起来。

我被控制着。就像地球不能停止自转一样,我无法抗拒。

"这谁呀?"站在他旁边的女人看不出年龄,或许很年轻,但浓妆艳抹让她看起来很老成。

"我儿子呀。像吧?"

像什么像?我想反驳,可连喉咙都不听使唤。

女的不明缘由地兴奋起来,发出刺耳的声音。我的视野越来越狭窄,都快不知道自己身在何处了。我看见那人手中的篮子里放着避孕用品,就避开了视线。

"父子团聚多感人,瞧你这闷样。"

那人说着,似乎打心底觉得没意思,就往收银台走去。万幸的是,收银台还有另一个一起打工的员工在。这时候如果让我礼貌地接待他,简直是对我的侮辱。我能想象,如果对他说上一句"谢谢",我的心都要粉碎了。

"我还会再来的。"我听他这样说道。我明明想塞上耳朵,可做不到。收银台后面的店员笑着回应说"欢迎下次光临"时,我有种被伙伴背叛的感觉。

听到自动门开关和客人走过的动静之后,我又继续摆了一会儿便当,等情绪稳定之后才将视线移向外面。

"常盘哥哥。"这一声让我一惊。我赶忙回头,是小晴田。晴子从他身后追上来笑道:"他突然说想吃冰激凌。"

"嗨。"我说着,感觉身体都虚脱了。我意识到自己的脸很僵硬。

刚才那个人的出现或许是幻觉吧？它不像是现实中发生过的事。

"你怎么了？"

"嗯？"

"感觉脸色很难看。"

"哦，没事，"我找了个理由搪塞过去，"便当的数量不对。"

"后天要给我看好玩的东西，对不对？"小晴田说，"我还叫上小伙伴了。"

"只能看一次哦。"我说。我让晴子和小晴田当天下午去平常玩卡牌游戏的公园。

"本该是你的休息日，真不好意思。"晴子低头向我行了个礼。

在收银台结完账，我看着二人行至门外，又追了上去。因为我忽然想到，为了让后天的表演更有意思，可以先埋下一些伏笔。

那是个多余的举动，直到现在我都后悔不已。我走到自动门外，追上去喊了一声"小晴田"。

他们感到莫名其妙，愣在原地。我追上去问道："小晴田，你相不相信变身英雄？"

"电视上的吗？最近我都不看那些啦。"

"以前你很喜欢的呀。"晴子说。

"那你觉得他们在现实中会真实存在吗，而不是在电视里？"

"常盘哥哥，你说什么呀？觉得我好糊弄吗？"

小晴田的反应和料想中一样，这样反而更好。

"没有糊弄你呀。只不过我在想，如果他们能出现在现实当中就好了。"

晴子大概也不明白我说这番话的意思，只是附和着笑笑。我则挥挥手说："那再见。"

"哎，优我，那是你朋友？"

就在这时，后面传来人声，让我很怀疑自己的耳朵。他不是走了吗？

那个人正咧开嘴笑着。

我又动弹不得了。我明白自己的脸僵住了，仿佛冰冻一般。

晴子或许并不知道发生了什么，打了个招呼："你好。"

"哦，我呀，是他爸。"

我全身的汗毛都竖了起来，感觉到周身皮肤都在起鸡皮疙瘩。开什么玩笑，你算什么爸爸？我想叫喊，却发不出声音。

"啊，是吗？平时多亏您儿子关照。"晴子低头行礼。

我想拦住她，告诉她用不着那样，但我什么都做不了。

晴子见我反应迟钝，可能以为我只是因为父亲突然现身而感到局促。她并未太在意，打了个招呼就离开了。临走时，小晴田对我挥手道："后天见！"

那人默默地笑着："我都已经走了，不过又想看看儿子工作时的模样，所以就回来啦。"

别开玩笑了！我想吐口水，可嘴里干巴巴的。

"回来真是回对了。你不愧是我儿子，看女人有眼光。"

别理他，回店里去。

我在心里命令自己，腿却动不了。

"那种女人最好了，差不多也该厌倦丈夫了吧。"

我感到不但晴子，就连小晴田的爸爸都遭到了他的侮辱，终于怒火攻心，伸出双手将他推开。

这又是一个败笔。当时我并没意识到。

我极力平息心中沸腾的愤怒和厌恶，转身朝便利店门口走去。我想，对方可能会勃然大怒，抓住我的肩膀，然后揍我一顿。这也没关系，奉陪到底。我当时也怒不可遏，心里早做好了准备，没想到，对方很从容。

听到他从鼻子里发出令人厌恶的笑声，我不禁又转过身。

那人的眼睛直勾勾地盯着我。

我浑身发软，这正是打小就已深入骨髓的恐惧。

"看来你也长大了。"那人喘着粗气说道，然后伸手在我肩头啪啪拍了两下，就回到了自己的车上。

我感觉被他碰过的肩膀在发黑，越发沉重。

"常盘,你干什么呢?快来收银台帮忙。"

我呆立在原地,直到店里的员工大声招呼我。

☆

生日那天。

上午十点十分对调位置时,我被传送到了柳冈公园。它在仙台站一直往东的地方,从仙台站到那儿徒步需要近三十分钟。我和风我小时候去过好多次,那里有草坪、篮球场,还有游乐设施,春天时会因为有人赏花而变得热闹。里面还有一座历史民俗资料馆,就是我当时所在的地方。

风我经过一番考虑后,来到了这个公园。

既要尽量不与他人照面,又要随机应变采取行动的话,还是宽阔一些的地方好。这是我们经历过十几次生日后才明白的。

考虑到意外闪失或者行动安排上的失误,可能双方离得近些比较好,可如果太近,又会因为异常接近而产生问题。尤其是这次,如果让小晴田知道双胞胎弟弟风我的存在,那一切就白费了。所以,他才选择了这个距离较远又宽阔的场所。

"不如我们带上可以把握对方位置的道具?"风我以前这样说过。确定位置信息的机器种类繁多,他说岩洞大婶的店里就有一些，而最近回收的经过伪装的微型机器也不少。

"伪装？"

"比如外形是一张卡呀、手表呀、徽章呀什么的，带上这个我们不是更方便吗？"

我是有兴趣，但还是放弃了。我不愿意随时报告自己的位置，更重要的是，我不想窥探风我的隐私。"我一直没说过……"

"什么呀？"

"那个发生时，不知道自己将要去哪里，反而更有意思。"

风我眯起眼睛点头道："我懂。"

这或许是只有我和风我才能体会到的乐趣。

我看了一眼手表。

和小晴田他们见面的时间是两点整。本来应该再早些会合，毕竟两点十分就要开始传送了，可小晴田当天必须参加足球队的训练，最快也要一点半才能结束。

下一次对调是十二点十分。风我现在在何处打发时间呢？我已经提前把自家房门的钥匙交给他，告诉他可以进屋休息。

"你家有什么好玩儿的吗？"

"有很多大学课程的教科书。"

"饶了我吧，看那些书有什么意思。"

草坪上，孩子们正来回扔着飞盘。一开始我以为他们只是乱扔一通，后来知道好像是分组对抗，相互传递飞盘。

我坐在长椅上远眺，一对老夫妇带着狗从我面前走过。狗是棕色的，看起来真大，可能是杂交品种。狗的力气似乎也大，夫妇二人必须合力拉着狗绳，看起来真像是狗在拽着他们走。

天空晴朗无云，心情很好。那可能是我人生中最后一次心情愉快。

一个足球滚到了脚边，我抬头一看，发现一群孩子跑了过来。我其实也没太当真，只站起来将球踢了回去。我退出学校足球队已经很久了，看见足球并未偏离方向，而是直奔他们而去，我才松了口气。

"算上我一个吧。"我不自觉地跟他们说道。可能因为那帮小学生碰巧只有五个人，所以答应了我。

见他们是孩子，我并没当回事，结果吃了苦头。我完全跟不上他们的节奏，只能勉强做出动作。论战斗力我肯定是拖后腿的，但他们很友好，没有因为我的失误而生气，也没有嫌弃我。

注意到他们当中有两个人长相相似，是在我上气不接下气要求休息之后。

回答说"同意休息"的孩子和另一个说"我去买饮料"的孩子的容貌几乎一样。

"双胞胎？"

"是呀。"其中一人回答，另一人也点头，然后两人又报上了两个押韵的名字。

"我也是哦。"

"哦，你也是双胞胎？"

"对呀，我叫优我，另一个叫风我。Who 喔？You 喔。"

他们"哦"了一声，似乎并不感兴趣，然后相互嘀咕着"他的名字跟伊藤嘴里那个稻草人的名字好像"，当然，具体指的是什么我并不知道。

"你俩关系好吗？"我问。

"老吵架。"

我笑了。我没有和风我大吵大闹的记忆。这并非因为我们相互尊重，而是如果我们不齐心协力就无法生存下去。

"哥哥，那你们生日的时候也要闹腾吗？"站在右边的孩子问道。

我吃了一惊。"生日？你们也……"

生日那天，双胞胎兄弟对换位置瞬间移动——我们一直以为这样的事情只发生在自己身上。当然，小学时我们也想过，"这或许是所有双胞胎都有的经历"。后来才逐渐察觉，似乎只有我们是这样。等到我会上网搜索时，最先找的关键词就是"双胞胎""生日""对换位置"，居然一条结果都搜不出来。连自称被外星人绑架接受了手术的人的消息都能搜出好几条呢。世上那么多双胞胎,如果说大家都有这个秘密,一定会有相关信息的。

所以眼前这个小学生的话让我大吃一惊,我向前倾身道:"闹腾……是指传送吗?"

"传送?什么传送?"

看着他们不解的表情,我知道我误会了。"那你说过生日要闹腾什么?"

"礼物呀。就因为是同一天,爸妈就能省则省,你们没有这样的烦恼吗?"

"原来是说这个呀,"我接着问道,"那你们过生日的时候不会相互对换吗?"

"你是说扮演成对方搞恶作剧吗?我们才不做那样的事情呢。"他们的回答也在我的意料之中。

我又一次觉得,这果然是只发生在我和风我之间的事。比起优越感来,不安的情绪更为强烈,仿佛自己正在饲养一只来历不明的动物。这种事会持续到什么时候呢?等我和风我老了,我们生日那天,哪怕我们已经躺在床上无法动弹了,也要不停地往返于对方的床铺吗?我脑子里浮现出那种光景,感觉像是一出喜剧。是不是到了那个年纪我们也仍然无法摆脱这个呢?

重新开始踢球时,放在口袋里的手机掉了出来。我在捡起它时注意到有一条未接来电的记录,是晴子打来的,我赶忙拨回去,然后听到了她的声音:"喂,常盘吗?"

"出什么事了?"

"你有没有和晴田提前碰头啊?"

"嗯?"

"他好像没有去足球队训练。"

我心里有种不好的感觉。"你说什么?"

"今天早上,我刚好有工作脱不开身,晴田说他可以一个人去……"

"但没有去?"

"好像是。可能是跟朋友出去玩了吧。我心想也有可能先去找你了,所以就打个电话问问。"我听得出来晴子在强装镇静。

心跳因为恐慌而加速。连我都是这样,更别说她了。

但我也不能告诉她说,你不要去想那个失踪后遇害最终遗体被发现的小学生。

"他以前常这样吗?"我很难相信小晴田缺席足球队的训练是跑出去玩了。

"这是第一次。还有几个和他同路回家的学生,我再问问他们吧。没事,没事。那我两点钟带他去公园。"

"你没事吧?你很担心吧?"我将这些本想说出口的话咽

了回去,因为这只会平添她的担忧。

通话结束后,我走出公园,立刻给风我打了一个电话。

"哥哥,你没事吧?"孩子们在身后叫我,但我无心回应。

"怎么了?"电话里风我的声音显得很紧张,看来他已经察觉到了我的焦急,"很快就到那个的时间了吧?"

我看了一下表,已经过了中午十二点,离位置对换已经没剩多少时间了。

"我现在往你那边赶。"

现在不是担心和风我过分接近的时候,人手多一些总归是好的。马上就到互换位置的时间了,我应该尽量往爱子地区附近跑去。

"出什么事了?"

"小晴田不见了。"我害怕用"失踪"这个词去解释。我也想告诉自己没什么大事。

"找不到他人?"

"他本来应该去参加足球队训练的。"我说了一遍小晴田参加训练的场所,一个小学的名字。

"他家住址呢?"

我说了一个大概的地址。"我现在也往那边走。如果你找到了就告诉我。小晴田长什么样子你知道吧?"

"之前看过照片,但也记得比较模糊。"

"照片我现在发给你。"

"你发吧。"风我说话间应该已经开始往外移动了。

"你传送过来后,可不可以再打车赶回爱子这边?钱我回头给你。"

"明白,"他马上又说,"快开始了。"

传送的时间到了。我在四周寻找尽量避人耳目的场所,然后冲进一栋建筑的一楼。幸好里面有厕所,我进了厕所隔间。

我看了一眼手机的时间,正好。正想着就感觉到了全身发麻。

☆

传送的目的地常常很暗,因为需要选择人少又不引人注目的地方。当时是在树木背后,一个比较僻静的地方。

那是我常常和小晴田玩卡牌游戏的公园一角,也是今天约定见面的地方。风我已经为了我来到了这里。

我从口袋里取出手机,正好有电话打进来。

"我现在上出租车。"

"到这边后,你替我在街上找找。"

"我试试。"

挂了电话后,我首先去了不远处一家卖零食的小商店。之前我和小晴田去过几次。

我很焦急,全力奔跑。脑子里几欲闪现一些不好的画面,我拼命将其赶走。

打开商店门的时候我太过用力,本来店面就不大,里面的人吓了一跳,都朝我这边看。我一眼就看出小晴田不在里面,立刻退了出来。

我拿手机给晴子打电话。电话在响,我告诉自己冷静。如果我说话慌张,可能会让她更担心了。

晴子没接电话,她应该也在四处奔走。

我顺着路往前走,同时调整呼吸。我该报警吗?怎么说呢?说朋友的孩子不见了,可能被那个杀人犯带走了?

警方会认真对待我说的事吗?小学生被害的案子确实发生了,我想他们也可能会认真听我讲,反过来一想,或许类似的恶作剧也很多。

我漫无目的地奔走,毕竟效果有限。我打算逐个前往小晴田有可能去的地方。靠不断迈步已经无法消解心中的焦躁和不安,急不可耐,我的呼吸急促了。

还是先去取摩托车吧,骑车更快些。我终于意识到这一点,遂朝自己家赶去,那时候已经走过了我家一点。给小晴田惊喜,扮演变身英雄什么的已经不重要了,现在顾不上这些了。

我一次次地告诉自己，一定没事的，很快大家都会一笑了之的。

我启动楼下停车场里的摩托车，刚取出头盔，电话响了。

我希望那是晴子的电话，希望她告诉我"不好意思，晴田跑出去玩儿了，回来了"。我心里只有这一个愿望。

但打来电话的是风我。"优我，你那边怎么样？"

"还没找到。我现在刚回家取上摩托车。"

"我在学校附近转了转。"

"没什么发现？"

"倒是听到了一些比较有用的消息，只是孩子的话究竟能信多少我也不知道。"

感觉不可能是好消息。我将电话狠狠地按在耳朵上。

"有几个孩子正在路边玩儿，我就上去问他们，然后其中一个说看见貌似小晴田的孩子上了一辆车。"

这是最坏的消息。

我的脑中一片漆黑。墨黑而黏稠的液体填满了我的身体，我只能忍受着。

是那个凶手？

为什么非得盯上小晴田呢？

还是说不是小晴田也无所谓？

我脑中闪过种种猜想。

"优我，你没事吧？冷静点。"我能听见风我的声音，却无法进一步理解，"可能还是报警比较好。"

"嗯，就这样办吧。"我正回答时，发现了一个疑点。

惨剧就发生在同一所小学的另一个孩子身上。不仅成年人，孩子们的警戒心必然更强了。我想起之前和小晴田的一次对话："陌生人跟你讲话时，不可以随便跟人家走哦。""我怎么可能跟人家走呢？"

"我不觉得小晴田会和他不认识的人走。"我说。

"也有可能是被强迫的。"风我很冷静，"如果不是的话……"

"如果不是的话会怎样？"

"也可能是认识的人。"

"认识的人？"

"只是猜测而已。反正……"

"啊。"我不禁喊出了声。一个可怕的想法贯穿了我的大脑。

"怎么了？"

"简直糟透了。"

"什么呀？"

"有可能是那个人。"

"哪个人啊？"我能想象出风我皱眉的模样。他就像一个不祥的咒语，让人不愿说出口。风我似乎察觉出了我的心思，轻声说道："不可能吧？为什么？"

"他前天晚上来我上班的便利店了。只是巧合，来买东西。"

"还有这种事？"风我有些气恼，又有些惊慌，仿佛得知本已遗忘的传染病仍未被治愈一般。

"碰巧晴子和小晴田也在，他还自我介绍说是我爸，所以……"

"我宁愿接受随便哪个电线杆这样自我介绍。"风我以厌恶的语气说道。他装出镇定的样子，内心的不悦却已化作电流噼里啪啦地传递到了我这里。

没错，那个人不配被人称作父亲。

可现在不是讨论这个的时候。

"所以，小晴田是认识他的。"他一定记住了那个人是常盘哥哥的爸爸。

一声咒骂，是我发出的。我发动摩托马达，踩下油门，前轮一阵上翘后，车子开始前进。

我不知道和风我的通话是在何时中断的。

那个人一定搞了什么鬼。

怒火中烧说的就是当时的我。愤怒和焦躁在我脑海中翻滚，如汽油被点燃了。

我想起在便利店停车场里，我推开那个人，然后他盯着我笑了。

我要让你瞧瞧敢跟我动手是什么下场。

这就是他的想法吧？

所以就把晴子和小晴田卷了进来？

他打算干什么？

愤怒使我手上不自觉地发力，车猛然提速，险些翻倒。我赶忙松掉油门，摩托车歪歪扭扭地走了一段，我冒出一身冷汗。如果这时候出事故就绝对来不及了。

来不及了？什么事情来不及了？会发生什么呢？

我想象出的事态是怎样的呢？

我顺着县道一直开。双向单车道禁止超车，路又一直很窄，有前车挡路时就毫无办法。我心中烦躁，将前面的车跟得很紧。

从前车的后视镜里，我能看到一双瞪着自己的眼睛。我才要瞪你呢！我心想。发生纠纷只会耽误更多时间。

到了车道增加的地方，我猛一提速从超车道走了。如果警察看见我这样，一定会立刻鸣笛把我拦下吧。

只能祈求那样的事情不要发生。

我朝着那个人的住所驶去，那是我和风我从小生活的地方，我们在那里也真的只是为了生存。

心中的不安越来越强烈。

不祥的预感不断催生更多不祥的预感。

有些事情，到最后才发现是杞人忧天。

所以，我现在担心的事将来可能并不会发生。

我这样对自己说，越说越烦。自己呼出的气已在头盔里形成了一股小小的风暴。

无论什么时候，我一靠近这栋楼，就会心情阴郁、脚步沉重，但此时已顾不上那么多了。

我冲过一条细窄的小路，如果此时有人的话，一定会被摩托撞翻。我开到尽头，抵达那座小楼前面。我一刹车，摩托车直往前翻，停稳后我立刻熄火下车立起支架，连钥匙都没有拔。

视野的一角，出现了那个人的车，他在这里。我一边爬楼梯，一边在内心祈求自己的猜测是错误的。鞋子发出尖锐的声音，在我听来就像警笛声。

屋子的门是锁着的，我就使出全身力气拽。这栋建筑本就老旧，门也不结实，只要不怕弄坏，用力就可以打开。

门发出一阵剧烈的声响。我已经做好了这门或许会裂开的心理准备，没想到被破坏的只是门锁那里而已。

我鞋也没脱就直接进屋。

那人正背对着我，只是头转了过来，看见我，瞪大了双眼。我仿佛吃了炸药般情绪激动地冲进来，他当然会吃惊。而在他对面，晴子正起身，眼睛同样圆睁，她的衣服已被撕开。

"不要犹豫。"

我默念道。预料之中，没什么可慌张的。只不过这句话刚一接触到脑海里那可怕的火焰，就刺的一声被焚烧殆尽。

那个人似乎要开口说话。

怎么还会给你机会说话呢？

我当即举起手中的平底锅——我进屋时它就放在玄关附近的灶台上，不知何时我把它拿在了手里——朝着他的头狠狠砸去。

我没有犹豫。

我想砸烂他的头。而那人的头也确实猛然改变了角度，仿佛脖子的关节断裂了。

他的下半身是裸露状态。我不顾心中的恐惧，骑到了他身上。平底锅已经被我放下了，我用拳头不断地殴打他，每打一下，视野就仿佛狭窄了一些。

我感觉到晴子在我身后。

她似乎在说什么，但我听不见。

"小晴田在哪儿？"我一边打一边问道，他的嘴角开始流血，我并不在意，"在哪里？"

"在哪里啊？"晴子突然在一旁抓住那人的衣服，摇晃着问道。

他或许撒谎说小晴田在自己家，把晴子骗来，然后又要挟说如果不听他的话，就不放小晴田回去，以此在心理上控制住了晴子。

然后他就对晴子下手了。

我手上的动作没有停止,轮流挥动着左右手,不停地打着。我感觉不到疼痛,但手越来越沉重。那是一种令人恶心的触感,伴随着一声声闷响扩散至我全身。

"在哪儿?不说我就继续打!"我喘着粗气。我知道自己在说谎。不管发生什么,我都会一直打下去。

"车……"他那满是血和口水的嘴里冒出这么一句。

"车?"晴子问道。

"应该是他的车。"我说出自己的猜测,"钥匙在门口附近。"那人以前就老把钥匙扔在那里。

晴子立刻朝门口走去。我不知道她是否已经穿好了牛仔裤。

"晴子,对不起。你赶快去吧,其余的请全部忘记。"我几乎是喊出了这些。

全是因为我才连累了你们。

我心里只有愧疚。

晴子什么也没说,冲了出去。

房间里就剩下我和他两个人。

"这下没人打扰咱父子俩了。"我说完又继续动手殴打。

打人,而且是打人的脸,我这是头一次,没想到头一次就是打他。

我不停地打。令人恶心的声响。手肿得比原来大了好几倍，已经完全麻木了。

人的脸比想象中结实。我本想将他的脸打个稀巴烂，结果只打掉了一颗牙。

有好几次他试图翻身，我都重新调整姿势，把他按倒不让他跑。

脑子里已经炸开了锅。

我这样一直打下去，是否就能迎来终结呢？

那样也挺好。就在我这样想时，那个发生了。一股微弱的电流在体内游走，麻麻的。

就这样对换了？

我没有检查时间。时间已经到了吗？我看了看身下的那个人。那张脸已经肿了，满是血迹，仿佛是我将自己红黑色的憎恶全涂了上去。风我就要来了。他在此现身后，会怎么想呢？

我本来想至少通过手机跟他解释一下情况，但很显然，我没那个工夫。

☆

传送地点是厕所隔间。风我遵守了生日当天互换位置时的规则之一——能进厕所就进厕所。

我打开门，冲了出去。可能发出的动静太大，洗面池前一名年长的男子一惊，转身看我。

我稀里哗啦地洗着手，强装镇静。突如其来的疼痛使我的手不禁缩了回去。手上全是血，手背当然已是皮开肉绽，骨头和肌肉肯定也受了伤。

镜子里那张可怕的脸让我停下了脚步。

是我自己。

眉头紧皱，双眼充血，咬牙切齿。正要转过脸时，我看见镜子里还出现了那个人的脸，于是再一次将视线移回，镜子里只有我自己了。

我立即出门。

那是一家DIY用品店的出入口，我跨过自动门，眼前出现的是四十八号国道。风我应该是一直替我在爱子一带奔走吧，等时间快到时，他冲进了这家商店的洗手间。

我得尽快赶回去。

那个人不可原谅。我的鼻息呼呼作响，实在恼人。我拿出手机打算联系风我，就在这时，听到有人朝我按喇叭。喇叭声较为收敛，像是一种提醒。我抬头，发现一辆停着的出租车，司机正向我招手。我心想该不会是在等我，便走上前去，而对方也朝我开了过来，在我旁边打开了后座车门。

风我是打车来这里的。可能因为快到时间了，他借口说上厕所，让司机等等吧。

"接下来去哪里呢?"驾驶员问。

目的地只有一个。我藏起满是血污的拳头。座椅被我不小心弄脏了,我也悄悄地擦掉。我真想大叫让司机带我赶紧回到刚才的房间,不过还是控制住情绪说出了地址。

驾驶员慢悠悠地往导航里输入地址,他并不了解我的情况,这当然也不能怪他。

"请尽量快一些。"我压抑住情绪提出要求。

车子直奔仙台站方向而去,正通过西大道隧道时,我掏出了手机。我想尽快联系上风我。隧道内,灯光接二连三地往后流淌而去。

传送到那边的风我现在怎么样了呢?面对被我揍成那样的那个人,他一定震惊了吧?

手机里的呼叫音在持续,没有人接,最后转到了语音信箱。我没心思留言,挂断了电话。

我拼命忍住咒骂的冲动。

我想到了晴子,想到她满是恐惧和愤怒的脸。是我让她变成了那样。她一直真诚地生活着,与人为善,我却在她的人生道路上堆了一摊烂泥。那是一摊令人厌恶的烂泥,顽固而难缠,永远无法拭去。

小晴田是否找到了?是否平安无事?他们有没有顺利离开?

一切都无从得知,我强忍住尖叫的冲动。

因为我一直低着头，半路上驾驶员关切地问我："你没事吧？"

"没事。"我知道自己回答得咬牙切齿。怎么可能没事！

驾驶员还是以尽可能快的速度抵达了目的地。我从钱包里抓出一张面值一千日元的钞票，告诉他不用找了，然后连滚带爬地下了车。

我以为楼下会停满警车和救护车，实际上并没有。

顺着楼梯上去，二楼的那个房间，坏了的房门仍然敞开着。刚才我的过激行为应该是发出了很大的动静，不过并未吸引来邻居。我们生活过的这个房间，从一开始就充满了暴力和噪声，可能邻居们都习惯了吧。

屋里没有人。

刚才我打人的地方留下了一些血迹，平底锅还在地上，但那个人不在了。

他去哪里了呢？

我走出房间，环视屋外，那个人的车不在了。我下楼，回到来时的路上，顺着马路跑了起来。

我思考着。

风我传送到这里，出现在那个瘫倒在地的人面前，肯定不是骑在对方身上的姿势。那个人或许以为我没什么力气了，暗自庆幸，立马起身冲出屋外，开车跑了。差不多该是这样吧？

可是车钥匙呢？

晴子为了打开车门已经带出去了。难道他还有一把备用钥匙？

最可怕的情况是晴子和晴田再次被他抓走了。我从通话记录里找到了晴子的名字。呼叫音不断重复，终于等来了她的声音："喂？"

"你没事吧？"我问道。我打心里想跟她道歉，但更想先确认她的安危。"小晴田呢？"

"哭累了，睡着了。现在在出租车上。"

也就是说，小晴田被成功地解救了，他们逃出了他的魔掌。光知道这些就足够使我心中的石头落地。"把你们牵扯进来，真的对不起。"

"这到底算怎么回事啊？"

"你和小晴田什么错都没有，只是被卷入了我的家事。"

"卷入了你的家事？你知道我们受了什么罪吗！"她大喊着，又很快陷入沉默。可能是怕吵醒小晴田吧。她没再多说，而是挂断了电话。

我真希望是自己按下了挂断键，但并不是，而是晴子。

"再见""谢谢"，这些我都没能说出口。我应该更诚恳地道歉。刚才我本该不停地赔罪，直到用尽我所有的语言为止。

我这才想到摩托车也不见了。关于这一点，我能想到的可能性并不多。

应该是风我。我没有拔下钥匙，所以他骑走了。那个人开车逃离，他一定是追了上去。

风我传送到这里，看见那人满脸是血，几乎被我打得不成人形，很快便弄清楚了状况。一定是这样。

"看到那种场面哪能不明白呢？那个人浑身是血地倒在我面前，那只能是优我干的。也就是说，他所做的事让优我愤怒至极。我看他连滚带爬地跑了出去，心想一定不能让他跑了，所以就骑上摩托去追啦。"

如果我事后问风我，他一定会这样告诉我。

实际上我没有问。因为我再也没有机会和风我交谈了。

"等一下。"高杉表现出到目前为止最为困惑的神情。他仿佛刚识破一场骗局，用并不连贯的语言问道："什么意思，你刚才的话？"

"什么什么意思？"

"这不合理吧？"

"哦，不好意思，一开始我也说了，"我摊开手掌道，"我的话里是有谎言和矛盾的。所以，你如果觉得有不对劲的地方，那也很正常。只是我想知道，你现在觉得哪里有问题呢？"

"嗯，算了。"可能我的反应出乎高杉的意料，他试图平复自己的情绪，"等你说完了我再问吧。嗯，刚才你说你没有机会和弟弟交谈了，也就是说……"

弟弟，我并不想有这种认知。他是和我一起出生、一起为了生存而承受痛苦并肩作战的没有上下级关系的人，这样的感觉在我心中更为强烈些。

我继续说了下去。这也差不多是我要讲的故事的最后内容，最后的结局。

冲出房间后，我拼命寻找那个人和风我、汽车和摩托车的下落。我不能漫无目的地乱找，但是问路上的行人也问不出什么。

就在我走过两个路口时，发现前方围了一群人，很不正常，于是我停下了脚步。

我的心中开始忐忑不安。

那是一场事故，我很快反应了过来。即便没看现场情况，我也能感觉到，那似有似无的声响、充斥着兴奋和困惑的骚动让周围的空气变得燥热。

看热闹的人还没多到需要伸手扒开人群的地步，不过还是需要从缝隙中挤到前面去，最终我走到了前面。气泡在我心中翻涌，那些包裹着炙热气息的泡泡不断飞腾，使我心跳加快。一个兴奋的声音说道："烧着了，烧着了。"我感觉每个人都掏出手机在录像。

汽车在燃烧,是那个人的车。它高速行驶,追尾了一辆停在路边的小货车,我听到有人说那货车上装了煤油还是其他什么的。

熊熊的火焰好像在警告众人不要靠近。火舌从车内蹿出,舔舐着车窗上破裂的玻璃。

"驾驶员呢?"我问道。

"已经不行了。刚才有人打算去救来着,那时候就已经不行了。"旁边一个穿西装的男人告诉我,"靠边停着的那辆小货车上好像没有人。"

我望着持续燃烧的车,感到自己浑身失去了力气。那个人一直使我们痛苦,甚至就在刚才还试图践踏我的人生,现在就这么轻易地让他逃了。我好不容易能够揍他,使他痛苦,他却就这么消失了。我只能想到这些。拳头传来的疼痛感仿佛在说:开什么玩笑!开什么玩笑,你以为这样就能得到宽恕吗?

我呆站了一会儿,又听西装男子说道:"摩托车那边估计也不行了。"

"摩托车?"

"摩托车险些追尾,虽然避开了,但侧滑后狠狠撞上了靠边停着的一辆卡车。"

"在哪儿?"我几乎扑上前去抓住了西装男子。可能实际上我真的抓住了他。

"有人给抬到人行横道上了。就在那边。"

我顺着他手指的方向跑去。大约二十米开外,果然还围着一群人。人群当中躺着一个人。

还没仔细看那人的模样,我就明白了——那是风我。

后来的事情我不太记得了。我伸手推开了人群,可能我觉得他们都是在看笑话吧。我不停地推着,叫他们让开、让开。有人抱怨,但可能看我情绪激动的样子很可怕,就让开了。

风我侧躺在地上,头盔放在一边,可能有人替他摘了下来。我马上扑上去冲风我喊:"喂!喂!"

我无法接受风我一动不动的模样。他还在流血,身下仿佛有个水洼。

那时我听到了快门的声音。我立马起身,发现一个年龄与我相仿的高个子男子正拿着手机拍照。

"不许照!"我一把抓过他的手机。

凭什么要被你看笑话?

那人瞪了我一眼,伸手打算夺回手机。我一把挡开,又说了一遍"不许照",唾沫飞溅。我甚至想把手机整个砸碎。

那人抓住我的衣服使劲拽,我在气头上,拼命地跟他撕扯。有人上来拉架,说"住手,快住手",但是对方并未住手。

救护车就是那时候来的。四周忽然骚动起来,我一把将手机扔了出去。

☆

"你弟弟死了？"高杉直勾勾地盯着我，表情还是那么冷漠，仿佛冰冻一般，眼神僵直。他在生气？

见我点头，他就语气生硬地说道："让我梳理一下。"他还稍稍往前伸了一下手，可能打算制止我继续讲下去吧。

"请便。"我点头示意。那期间，我看了一下手机。东北新干线停滞的报道已经不在新闻网站的头条列表里了，可并不一定代表事故已经处理完毕。估计眼下新干线还停在半路上呢。

高杉有些苦恼，他不知道该如何理解我说的这些话。

他沉默了一会儿，然后皱眉看了一眼自己的笔记本，道："那这个呢？"他是说厕所里我和弟弟互换位置的瞬间的那个视频。

"视频是假的。"

"也只能这样解释了。"

"弟弟已经死了，我当然不可能再跟他互换位置了。"

"可是，别人说视频并没有加工剪辑的痕迹。"

"那要看说这话的人有多可信。"

"你什么意思？"

"高杉先生，我一直想让你听我的故事。我，还有风我的故事。只不过，通过正常途径联系你，我想你根本也不会见我。"

"所以呢？"

"为了让你感兴趣，我就把那个视频给了在你公司打工的人。"

"那人也是你的同伙？"

"我给他钱，让他帮我办事。"我告诉他，如果高杉感兴趣，就说视频里的人已经查到了，设法让我们取得联系。

"有必要费那个劲儿吗？"

"如果我对你说，有一对双胞胎在生日那天每隔两个小时就对换一下位置，你会信我？"

高杉的表情没有变化。"确实不大可能相信。"他点头，"不过应该会找你聊，毕竟我们正在找有意思的素材。"

"就算是吧，"双胞胎瞬间移动这种事情肯定会让人难以接受，"所以，我想先让你感兴趣。"我觉得还是让对方主动联系自己比较好，"比起那些主动送上门的，人们更愿意相信自己发现的东西。"

视频确实有些细节上的处理，不过，我有自信，即便他查也查不出来。

"我就是想让你听一听我的故事。我和风我的事情。"

"那么生日时候的互换……"

"当然是真的。"

高杉露出一丝鄙夷的神情，仿佛在说，你还想继续这样的无稽之谈吗？

"只不过现在已经无法证明了。如果风我还在，倒是能给你实际展示一下。"

"你告诉我这个，又想让我怎么样呢？"高杉似乎终于明白了我的话中真意，并不像刚才那般讶异，而是多出了一份从容。或许他意识到了，自己面对的只不过是一个试图贩卖一文不值的无聊创意的普通人。至于如何应对，他可能早已谙熟于心了吧。

"我想让你帮我拍成电视节目啊。"我得一口气说完，否则羞耻心可能会让我中途把话咽回去。

"但你那段视频不是加工过吗，我们肯定不会用啊。"

"所以你可以不用管什么奇异的视频啊，可不可以给我做个访谈？"

"给你做个访谈？"

此时的我究竟是怎样一副表情呢？我表现出真挚之情了吗，还是暴露了自我表现的欲望？

"就像我刚才说的，我的人生和那种单纯的幸福人生相去甚远。有时候我也觉得只要保住一条小命，身体健康就行了，不过，我生命里的好事儿确实太少了。"

"依我看，能在生日那天瞬间移动，已经是足够罕见的生日礼物了。"高杉语中带刺地说道。

"你不相信我吗？"

"如果真有人相信，我倒是希望你介绍给我。而且，如果视频是真的，我多少还有兴趣，既然是经过加工的，那就纯粹是恶作剧，跟瞎胡闹没区别。"

"视频虽然是假的，但我们过去的人生里一直发生的互换的事情是事实呀。"

"你让我采访你，又想怎么样呢？"高杉的语气已经不耐烦了。

"我说了呀，我想上电视。"

"该不会只是想留下一段美好的回忆吧？"

"刚才不是讲过吗，我觉得偶尔有些这样的事也不错。我这一生，实在没有过什么像样的经历。"

"你要我信你这些话？"

高杉似乎注意到我说这些话其实是另有目的。

我一口气喝完杯子里的水，说道："好吧，我直说了，是我母亲。"其实我也没想隐瞒什么。

"母亲？"

"她在我上高中时离开了家，再没回来过。我刚说过吧？她从没做过一个母亲该做的事，只不过像从一艘沉船上独自逃生了一样，就那么消失了。"

"那个女人……"

"我想找到她。如果我上电视了，或许她会看到。"

高杉直勾勾地注视着我。他似乎有些可怜我，感叹我说这些话难道是认真的。"你这样看重我们这个节目的影响力，我倒是要谢谢你，可就算你真的上电视了，也不一定就能火到让你那个不知身在何处的母亲看到。"

"我刚才讲的那些内容，不能火吗？"

这可是双胞胎在过生日时瞬间移动的事啊！

我说这些就像在电视购物里做推销般激动，自己都不好意思了。但我并没有因为不好意思就认输的打算，还追加了几句本来没必要存在的话——"瞬间移动！而且是每两个小时一次哦！现在买的话，还可以免费送一个——"我的语气越来越像购物节目里的推销员了。

唉，高杉仿佛觉得我不可理喻似的叹了口气，让我看见了今天见面以来他最真实的一次情感流露。他从头到脚打量着我，实际上是餐厅桌子以上露出来的半截身体。他就那么看着，似乎审视了一番，然后起身。

他想走？

得叫住他。"算了，那什么，你等等，我跟上面商量商量。"就在我刚想站起来时，高杉手指着天花板说道，然后也不等我回答就朝店门口走去。

他真的会跟上头商量吗？

那会是一个怎样的节目呢？我竟然忍不住开始遐想了。

我远远看见高杉正在打电话。本打算再去接一杯喝的，却发现了高杉亮着屏幕摆在桌上的笔记本，手就不自觉地伸了上去。原本期待着或许能偷看到里面的内容，然而屏幕上出现了要求输入密码的画面。看来没那么简单。

我以为自己已经足够关注四周的情况了，不过可能注意力都集中在电脑上了，高杉回来时我都没注意到。

"你帮我个忙。"被他这么一招呼，我差点从座位上跳起来。

"帮忙？什么呀？"

"刚才的话，你能不能再说一遍？"

"刚才的话？"

"就是你们的身世，那个……"

"双胞胎所特有的超自然现象？"

"我再怎么解释，上头似乎都不大明白。还是你替我说比较好，简单点儿就行。"

"哦，"我不明白他为什么要这样，不过可以知道，他的上司似乎并没有付之一笑，"那我来。"

"我们可以出去再说吗？我车里有摄像机，让我拍一下。"

"拍我的裸照吗？"

我的笑话并没有换来任何回应。本来我成长的环境就缺少笑话和调侃，希望各位谅解。我跟那种搞笑是无缘了。

我在店门外等着高杉在里头结账,心里不禁想着,那些被异性请客后等着对方结账的恋人原来是这样无聊呀。

"这边。"高杉从店里出来,似乎很不耐烦。他朝停车场走去。是不是因为听我胡扯一通后本就够烦的了,现在还不得不听从上司的指使再来一遍而烦恼呢?

"如果接下来顺利的话,是不是我就可以上电视了?"我这样问,可能因为我心里慌了吧。就这样不说话,我实在受不了。

停车场挺昏暗的。一辆辆车仿佛是缩起肩头被塞进去的人一样,四周有一种阴冷潮湿的感觉。

高杉拉开一辆黑色普瑞维亚的滑动车门。

我站在身后看着他,心想,他这是要拿摄像机了。只能说我太掉以轻心了。

他从车内抽身出来,转身对我说"常盘,你看这个"的时候,我甚至仍然毫无戒备。我以为他手里拿着的就是摄像机,根本没有怀疑。

形状不对,当我察觉到异常时,他的手臂已经挥了下来。

我慌忙避让,却感觉头部受到重击,头似乎裂开了,不,实际上可能真的裂开了。视野一片黑暗,我眼睛里火星四溅。

疼。是铁锤吗?我为什么会放松警惕?骨头有没有被打碎呢?脑子里闪过各种念头。我心想得赶紧站起来,试图睁开眼睛。思绪在脑海里奔腾,可能最后都从被锤子敲裂的地方漏出去了吧。我使不上劲儿。我的手根本动不了,仿佛被戴上了手铐似的。过了一会儿,我才明白,手上真的被戴上了手铐。

我的头被一个袋子罩住了。我会不会无法呼吸,窒息而死呢?我甚至觉得那样也不错。想要放弃一切的思绪占据了我的脑海。我被推进了普瑞维亚里。

为什么?我没想要追究。我不断思考的问题是:是哪里?

是哪里引起了他的怀疑?从什么时候开始的?可能我还是太得意忘形,说得有些多了。我也意识到了危险,担心会引起高杉的怀疑,但我就是忍不住要说。我给了他太多提示。

我感觉车子在晃动。我用破了洞的脑袋思考着。

☆

想见高杉并不是因为我想上电视,跟我母亲更是没有关系。我怎么可能选择通过上电视这种烦琐又不确定的方式来跟她取得联系呢?而且我打心底压根儿就没想见那个妈。

两年前的那件事过后,我没再联系过晴子和小晴田,大学也不上了。我搬到了仙台市内靠海的一个镇上,在那里的便利店打工,在一处老旧的木结构小楼里租了一间房。

我感觉自己就像一株植物,每天通过晒点阳光、吸收一些水分来完成呼吸。

唯一的活动也就是打打保龄球。

像植物一样从早到晚无所事事地生活了很久后，在一次外出时，我碰巧看到一个保龄球场的广告牌，一下子就被其吸引，自此便开始了。

我只投十四磅的球。心无旁骛，或者说心无一物，后者可能更贴切些。

那之后，只要有时间我就去保龄球场，一个人不停地扔着球玩儿。

其实我也没有多么热衷。我一直去，所以技术就好了起来，可以打出高分了，但并未因此拥有什么特别的经历。有一次，隔壁球道来了一对恋人，那个男的只有一只胳膊，可他居然只用右臂就能不断地全部打中，着实吓了我一跳。值得特别说一说的事也就这一件而已。剩下的就是日复一日地起床、睡觉、吃喝拉撒，如同植物一样地生活，再加上打保龄球。可以说，我只不过成了一株打保龄球的植物而已。

直到几个月前，我看到电视里播放了一条新闻，情况才有了改变。

失踪的小学生回家了，这事情被报道了出来。他并不是离家出走，也不是走失，而是被恶意绑架，被监禁了。

我当然很快想到了两年前小晴田所在的学校发生的儿童被

害案。新闻里也说警方"正在追查相关情况",看来有此联想的不仅我一人。

专题节目连日报道了这一惊人事件,我也一直在关注。

逃回来的孩子必定受了惊吓,不过仍然提供了一些线索。他被关在了地下室里,据说脖子上还被戴上了锁链。锁可能是生锈了,孩子不停地拉扯使它断裂,然后趁凶手进地下室时逃了出去。地下室里有床和健身器具,孩子说那里就像爸爸常去的健身房一样。他说里面总是灯火通明,估计"灯火通明"这个词不是孩子说的而是大人加上的,反正就是很亮,连觉也睡不好。如厕就用盆解决,吃的是面包,凶手总是戴着面具,不知道长相。

仙台市内的健身房肯定要被查个遍了。

逃脱获救的孩子说的下面的这句证词使我丧失了冷静。

"里面摆了一只北极熊玩偶,涂成了红色,很可怕。"

世人可能只觉得,连摆设都这么可怕,难怪凶手能犯下这样惊悚的罪行,但我不这么想。

我脑子里一亮,瞬间又暗了下去。就好像电流涌过,保险丝断掉了一样。

提起北极熊玩偶,我只能想到一件事。

我几乎要拿手捂住嘴不让自己尖叫。

上初中时,我和风我、脏棉球遇见一个站在路边的小女孩，她告诉我们她离家出走了。风我将一只看上去几乎浑身是血的北极熊玩偶塞给了她。

她没能拒绝就接过了玩偶。她似乎被玩偶身上的血色吓坏了，想要扔掉，但又觉得这样会伤害北极熊，结果就表情沮丧地一直抱着它。

然后，她被一名未成年男子驾驶的车给撞死了。

我以为当时那只北极熊玩偶一定和小女孩一起被碾碎了，支离破碎，最后被处理掉了。

如今它却再次现身。

这个孩子在他被囚禁的地方见到的玩偶，就是当时风我交给小女孩的那个。

或许有人会指责我太过武断，不过我也不是全凭感觉。

我只能那样去想。

沾满了血的北极熊玩偶会有很多吗？而且，它两次出现都与凶残的事件有关。

我注意到自己已经行动起来。

我从柜子里搬出好几年都没碰过的箱子，打开来寻找里面的名片。那是我和风我混进小玉叔叔组织的秀场大闹的那天晚上带回来的。

然后我找到了当初粉丝俱乐部中的一员——那个律师的联系方式，给他打了电话。我想过既然小玉叔叔家发生了那样的事，那么律师或许也更换了自己的住址，出乎我意料的是，律师事务所的地址和电话号码还和名片上的一样。我仔细一想，我们在小玉叔叔家引发的骚动并未被公之于世，他最正常的选择自然是维持原样不变了。

我联系了那个律师，佯装要做法律咨询，等一见面就对他发起了威胁。

"当初那个案子中那个未成年的肇事逃逸犯现在在什么地方？快说！如果你不想让小玉叔叔家的变态秀被曝光，不想它闹上台面的话，就快说！"我步步紧逼。

律师并未负隅顽抗。他心里似乎早有准备，为了自救，可以抛弃多余的一切，十分干脆地将"保密义务"抛诸脑后，远远地扔开，仿佛那是紧急迫降时碍事的行李。

凶手当时还是高中生，他的富豪父母厚颜无耻地对律师说"钱要多少都可以，只要设法让儿子平安就行"，律师也答应了，可能还干劲十足。

未成年的肇事逃逸犯成了律师的朋友的养子，有了另一个名字——高杉。我还知道了他如今生活在东京，在一家电视节目制作公司上班。而且他人虽住在东京，仍然频繁地去仙台。

高杉，就是凶手。

这个肇事逃逸案的凶手更名为高杉，两年前杀害了小晴田同校的一名儿童，前不久又监禁了另一个男童。男孩能够逃脱实属万幸，否则最后恐怕也要被夺去性命。很可能还有其他受害者，两年前也确实有其他儿童下落不明。

我在心中将这一连串事件联系起来，感觉这几乎就是真相了。

视野急速缩小，我的眼前只剩一道细微的光亮。我原本期待自己如草木般扎根于人生的地平线，就此枯萎，面前忽然出现了一线阳光。我决定从土里一条条地拔出自己的根须，全都扔到前面，走上唯一的狭窄的路。

我就像被诱虫灯吸引住的飞蛾，这样的形容或许最为贴切。如若盲目的虫儿能明白那些道理，也就不会遭遇苦难了。

我前往东京查探了高杉的相关情况。在高杉常去的一家酒吧，我得知他正在寻找有意思的视频，好用在电视节目里，我决定对此加以利用。

快餐店的偷拍视频是我准备的。高杉说他检查过，没有加工的痕迹，那是当然，因为它是真的，我们以前真的在厕所被偷拍过。

我也对高杉讲过，读大学那年，有一次我和风我在街上走着，突然被一名男子叫住。他问我们"视频里拍到的是你们吧"，然后指出了视频里的异常现象。那正是这段厕所里所拍摄的视频。风我骂那人偷拍我们，还顺手揍了他一顿，最后连他的摄像机也夺了过来。那东西也不知道要拿来干吗，就一直留着，这次正好派上了用场。

关于视频的拍摄日期我撒谎了，但视频本身并无加工痕迹，所以无论高杉怎么查也没事，我料定他查得越久越会相信那是真的，一定会感兴趣，并且会与我接触。我拿钱收买了电视节目制作公司的临时工，让他协助我。

如愿以偿。

他发来邮件，我们取得联系，直到今天见面。

我见高杉想干什么？

虽然我深信不疑，但还是想确定高杉真的就是当时的肇事逃逸案的凶手，还有两年前的女童谋杀案和这次的男童绑架案。

我并不期待得到什么法律上的证据，只要在我这里能够确证即可。

我诉说着自己这半辈子的事，时不时地糅进一些和高杉相关的事情，每到那种时候，我都心情紧张地暗中观察他，而且我还偷偷用录音笔录了音。

高杉的反应比我想象中更难判断。人们常说"想法都写在脸上"，可他脸上根本就没有写字，非常难读懂，不管你怎么翻，都是白纸。

还有一点，我怕会出现不必要的麻烦而心生动摇，这也导致了灾祸发生。我原本打算等高杉离开餐厅后暗中跟随他，可这个计划泡汤了。我要考虑如何应对紧急情况，导致我没有注意对高杉所说的话的内容，只顾着宣泄情绪，而涉及了一些核心话题。

而且，我压根儿没想到他会先发制人。我居然还被锤子砸了。

我并非大意，应该算不够慎重吧。我过于挑衅了。

四周一片黑暗，也不知是因为头上套了袋子还是因为头被砸了。我这是要被带往哪里呢？

是那个放有北极熊玩偶的地下室，还是人迹罕至的森林或海边？

唯一可以确定的是，现在这个时候不会有人来救我。

绵矢羽

绵矢羽在多年以后又见到了他,那是一天下午,大约快四点的时候。

商店的自动门打开,绵矢羽本以为来客人了,却发现那张脸似曾相识,赶忙在记忆中搜寻。

是在哪个网络安全学习班见过,还是以前给他开过锁?要不就是前几天在那个网络安全专家的访日演讲会上碰见的同行?绵矢羽在近期的记忆里翻找着,对方突然来了一句:"好久不见呀。"

其实这时候绵矢羽大概已经知道了对方是谁,但还是决定等对方开口。

"我碰巧路过。"看他的表情,他似乎对这样的偶然感慨颇深，很显然他没有撒谎。绵矢诩的店开在四十八号国道边上，从地铁北四番丁站下车还要步行一段距离，离市区比较远。他这是要去哪里呢？"这个店名居然叫舒马赫，我心想不会这么巧吧？就进来看看。"

"并不是跟舒马赫一字不差，原样照搬的话还是会惹麻烦的。"

"什么麻烦？"

"各种麻烦。"

绵矢诩在东京一家网络安全公司工作了三年后，没费什么事就自己独立出来单干了。他回到了仙台，不过他对仙台的感情也没有到非回不可的程度。准备开店并思考店名的时候，他忽然想到了"舒马赫"这三个字。当初是什么时候听人说过来着？他花了好久才想起来，原来初中时和自己同校的一对双胞胎说过这个词。双胞胎中的一人曾经讲过："你将来如果开商店卖赫兹，店名就可以叫舒马赫呀。"具体是哪一个，他已经想不起来了。

那对双胞胎总是怪怪的。开店的时候绵矢诩还挺怀念那对双胞胎的。十几岁时，尤其是十五岁之前，他没有太好的回忆。他不喜欢玩闹，又嫌跟同学交流麻烦，永远只是在读书，居然有人骂他"脏""穷"，这让他无法理解。

"又脏又穷，这惹到谁了吗？"

他这样问过。大概是初一的时候。对方回答说:"你臭,所以惹到我了。"然后把口水吐到了他身上。

"臭,我道歉,可吐口水就不对。这不是恶意伤人吗?"他追问,对方更生气了。那时候,他身上永远只有这些事。

回到家,没有工作的父亲永远懒洋洋地在睡觉。又旧又冷又小的租住房他可以忍,可是他受不了这个没有工作还占地方,甚至背上"臭流氓"骂名的父亲。

因为这事,他还在班上被人瞧不起。不过对于当时的他来说,除了硬着头皮去上学,别无选择。

"是常盘呀。"绵矢诩招呼着突然出现在自己店里的老友,绞尽脑汁地回想当时自己是怎么称呼他们的。其实他们不过是同班同学而已,并没有太多交集,但总有见面打招呼的时候。"你这是丢钥匙了?"对方既然来自己店里,也许是有这样的需求,"房子、车,还是电脑?是哪个?只要是跟安全防盗相关的……"

"嗨,我不是来照顾你生意的。不好意思。哎,对了,你现在不再苦恼我是双胞胎里的哪一个了吗?"

"风我?"

"错,是优我。今天居然这么巧来到你开的店里,我想这也是缘分吧。"

"先别提什么缘分,你该不是来搞什么不正经的传教的吧?"

"是唐突了点，脏棉球你……"

"你叫我什么？"

"不好意思。不过我只知道这个呀。"

"算了，没什么大不了的。"

"你还记得那事儿吗，以前上初中的时候？"

"我们一个班。"

"不是那个。那天我们一起走的时候，是不是碰到过一个离家出走的小学生？"

绵矢讷突然大声"哦"了一下。

"看来你记得呀。"

"那当然了。"绵矢讷点头道。他不可能忘记。常盘风我塞过去的脏兮兮的北极熊玩偶，还有抱着它的小女孩的那张脸，都第一时间浮现在他眼前。小女孩被车撞死了，他应该是在第二天早上看到了那条新闻。一条长长的绳索连接起了自己和她的死亡，即便凶手落网后，他仍无法摆脱这个阴影。

"脏棉球，果然你也还……"对方隔着柜台凑上前来，让绵矢讷猝不及防。

"什么叫果然我也还？"

"你也没忘记吧，那次的事。"

眼前的老朋友——先不管称呼其为老朋友合不合适——还是像以前那样，没什么变化，有点娃娃脸。对方的眼睛看上去红红的，像是充血了，可能是因为浑身散发着那种阴森魄力的关系，显得很沧桑，看上去像是疲惫不堪。

"你接下来有时间吗？你还有机会。"

"什么机会？"

"弥补的机会。就在今天，我们可以弥补。"

"弥补？"绵矢诩不知对方话中的意思。

上初中时，绵矢诩对其他同学没有一点好印象，唯独对常盘兄弟有一种奇妙的亲近感。虽只是一点点，但确实是有。或许是因为绵矢诩知道，他们的家也像自己的家，是一个跟宁静和安稳无缘的场所，又或许因为那次谜一样的事件。

那一次，绵矢诩和往常一样被同学欺辱，先是被别人拿石头砸，后来又被锁进校内的仓库里。仓库里面比想象中还要黑，门被拉上的瞬间，他感觉事情变麻烦了。他们肯定不会轻易开门，或许还得等到明天天亮之后。如果那样就无法准备功课，连课都上不了了。不光麻烦，被反锁的恐惧也超乎他的想象，他惊慌失措，大叫着让外面的人开门。结果这时眼前突然出现了一个人，让他少有地发出了惨叫声。

那是常盘风我。后来的事绵矢诩也记不太清了，一瞬间过后，画面已经切换成了外面的光景。记忆的胶卷仿佛被剪掉了一些，是跳跃的。

等绵矢诩回过神时，已经身处室外，一个稍微远离仓库的场所。他手上还攥着一个开晚会时用的拉炮,常盘风我怂恿他将其拉响。

绵矢诩听信教唆,在欺负自己的那些学生耳边拉响了拉炮,把他们都吓了一跳。看着那些人吓得直抖,绵矢诩感到大仇得报般舒畅。

那真是一次痛快的体验。之后绵矢诩虽然又被同学们狠揍了一顿,依然感觉欢欣雀跃。

"我没提前打招呼,不好意思。你现在能跟我走吗?"

"现在?干什么?"

就在这时,绵矢理美从里屋出来招呼道:"欢迎光临。"这里是商店,也是他们的家,理美是从起居的房间走出来的。她一头短发,模样活泼,打小就是田径队的骨干,读女子高中时还当过杂志模特。相反,绵矢诩的人生根本和活泼、运动、华美这些无缘。二人从相识、相知到结婚,也是颇具戏剧性的,很可惜在这里无法赘述。

"其实这是我小学和初中的同学,"绵矢诩向妻子解释,然后又向常盘优我介绍道,"这是我老婆。"

"哦,你好。"

"真稀奇呀。你还有朋友呢?"绵矢理美笑道。不愧是夫妇,她熟知丈夫的人际关系断然称不上复杂。

"我们也算不上朋友。他怎么可能有朋友呢?"

听到这句话,绵矢理美又咯咯地笑了。

"我只是碰巧从门口路过,就进来叙叙旧。"

"对了,你刚刚说什么来着,接下来什么?"

"没事,你都忘了吧。"

"忘了?又怎么了,这么突然?"

"有事你就去吧,难得有朋友来找你。"绵矢理美说道。

"就当我没说过。"对方再次强调,似乎要收回刚才的话。

对方走出店门,绵矢诩赶忙追了上去。

"你刚才说的什么意思?你要去干什么?"

"没什么。"

"你是要去干什么不好的事情吧?"绵矢诩之所以这样讲,一方面不希望事情真是如此,另一方面也希望通过这句玩笑话激对方道出真相。

"你可不许报警。"

绵矢诩也想将这句话当作笑话来听,可对方的表情有种莫名其妙的阴沉,又丝毫不露破绽,让他无法对此一笑了之。

"刚才那个人是住在仙台的吗?"

绵矢诩回到店内,被妻子这样询问,却答不上来。他还没问对方的近况呢。补救,究竟指的是什么?在初中时发生的那起肇事逃逸案中被害的小女孩,为什么现在又被提起?

对方前一秒还很积极,略显兴奋地凑上前来劝说自己,下一秒突然改变了态度，逃也似的离开了。至于理由则很明显。

因为绵矢理美忽然出现，而且她现在的模样，一看就知道怀有身孕。

不可以连累无辜。

绵矢讷看得出来，这就是对方当时的决定。也就是说，对方具备做出这种判断的常识。绵矢讷还记得，他们虽然是一对大大咧咧、举止怪异的双胞胎，可他们和其他同学不同，愿意和自己交往。

这让绵矢讷对那句"补救"更难释怀。

他究竟打算做什么？

他觉得，他将要做的事，不能牵连自己这样妻子有孕在身的人。

"唉……"绵矢讷转身看着妻子，正犹豫着应该如何说明，妻子突然说："你有事不放心？行啦行啦，你快去吧。"没想到妻子早已看穿，这让绵矢讷很意外，"过去的朋友来找你，这可是头一次，这种事也不是天天都有的。"

"倒算不上朋友。"

"行啦行啦，你去吧。对了，刚才那人，叫什么来着？"

"常盘。"绵矢讷说完又开始想，初中时自己又是怎么称呼他们的呢？优我和风我？常盘？

"那位常盘先生，感觉他表情挺凝重的，我都不大放心。"

店我看着就行了，如果有什么需要出去上门服务的活儿，我再给你打电话。"

绵矢谞其实不大愿意离开商店，把事情交给行动不便的妻子，不过他还是选择走出柜台。"那我去去就回。"

走出商店，站在四十八号国道的人行道上，绵矢谞左右观望。他寻思着如果瞧不见人就立马回去，眼下也不知道该往左还是往右，漫无目的地瞎找也没意义。

不知算幸运还是不幸，绵矢谞看见了那位老同学，就在右手边往前大约五十米处，此时正在斑马线前等着准备过马路。

绵矢谞本想着现在跑过去还可以喊住他，不巧，偏偏绿灯亮了，他已经开始往马路对面走去了。

这下真追不上了。

不去追的理由有了，绵矢谞松了口气，正打算回商店，却看见老同学往前走了几米之后，进了一家餐厅。

现在如果想追的话还是能追上，可情况又发生了改变。

不一会儿，斑马线的灯又变成了绿色。在餐厅里或许还可以再聊两句，绵矢谞边想边过了马路。

绵矢谞走进餐厅，上楼，进去。服务员招呼他自己找空位坐下，于是他迅速环视店内，恰巧看见常盘优我从厕所出来，他连忙背过脸去。

对方似乎并未察觉,而是在靠窗的一个有四人座位的桌前坐下,对面还坐着一个不认识的男性。

绵矢诩选择了一个能够瞧见常盘优我后背的桌子,他坐下时不禁苦笑,不知道自己这究竟是在做什么。

坐在常盘优我对面的男性,相貌端正,头发柔顺,表情平静,再准确些形容的话,应该说不露感情。

那人拿出笔记本电脑,两人盯着屏幕看了一会儿。一开始绵矢诩以为他们在谈工作,不一会儿,常盘优我就开始说起话来。

常盘优我对面的人一直听他讲着,不时插上一两句,问一些问题。

他们说了很久。

刚才常盘所说的接下来要做的事,是指这个吗?在这儿聊聊天,能补救什么?

绵矢诩不是警察也不是侦探,这样一直盯着人家自己也感觉怪别扭的。他喝完一杯咖啡,向收银台走去。

付完账,走到外面,绵矢诩尽量注意动作不要太大,不要暴露自己,再次观察了一下里面的情况,发现常盘优我去接了一杯喝的正往回走。对方并没注意到绵矢诩,显露出紧张和严肃的表情。

237

在餐厅外面看到的那个表情，让绵矢诩回到商店后仍对常盘优我的事情放心不下。

直到几十分钟过去，妻子问"你是有什么心事吗"，绵矢诩还是心烦意乱的模样。

"我还得再出去一趟……行吗？"绵矢诩欲言又止，妻子还是觉得不对劲儿，但这也很难跟她解释，"我有点放心不下常盘。"

"他还在那个餐厅里？"

"如果已经不在了，我就马上回来。"

"不会是碰着骗婚的了吧？"

妻子之所以这样说，是因为不久前她看了一个电视节目，一个女的以结婚为由进行诈骗，从一个男人手里榨取了大量钱财。

"跟常盘优我见面的是个男人。"这句话绵矢诩也没说出口，只点了点头，就又朝那家餐厅去了。

他在国道边顺着人行道前行，就快走到餐厅门口时，见到两个人正在下楼。

绵矢诩赶忙闪开，躲到了他们视野的死角里。

常盘优我和那个男人朝着停车场走去，他们似乎正打算离开。

绵矢诩左右挪移，偷偷跟在后面，就像一个随风翻滚的脏棉球。停车场比从外面看上去更大，二人径直走到了最里面。

这时如果被发现就不好收场了，绵矢诩就装出打算开车的模样转来转去，同时眼睛盯着那两个人。

他听见车门打开的声音。

他还听见一个沉闷的声响，那时他正从两辆车中间穿过，无法观望。

绵矢诩不知发生了什么事，慌忙转身，可因为角度不好，看不见最里头。他尽量自然地往回走以改变方位，至于他是否真的表现出了那份自然就先不管了。

他看见有人瘫倒在车里，但那也仅是一瞬间，因为男人拉上了车门。

常盘优我不见了。

车子缓慢前行。

刚才那是……绵矢诩茫然地站在原地。

常盘优我去哪儿了？按理说应该是坐在车里，那刚才瘫在车里好像木偶一样的人是谁？不是常盘优我吗？

绵矢诩望着车子越开越远，愣在原地。该不该追呢？车开出了停车场，也不可能追得上，他打算放弃了。

绵矢诩决定先去那辆普瑞维亚刚才停着的地方看看。他看见脚边有黑色好像水滴般的污渍，于是用鞋底来回擦了擦，液体比想象中更黏稠。绵矢诩的脑中闪过不祥的预感，他觉得这可能是血迹。

绵矢诩更急了。

现在正在发生的事情让他无法冷静。他刚才没有意识到，不应该就那么看着车开走，如今悔意包围了他。

就在这时，他发现普瑞维亚出现在了一辆停着的车的对面，它还在停车场里。绵矢诩伸头看了看情况，发现前面有别的车子挡路，暂时无法通行。

绵矢诩在停车场内奔跑，最后跑到外面，稍稍靠着马路边站好，伸手去拦出租车。眼下来不及再回店里取车了。

远处一辆出租车像发现了猎物的鸟儿一般，变了两条车道穿梭而来。

绵矢诩钻进车里，驾驶员转过头问他去哪里。

"可以先等一下吗？"

"等？"

后视镜里驾驶员的眼神有些不悦。他满头白发，而且发量很多，就像一个棉花糖。绵矢诩心想。

"马上那里会出来一辆车，我想让你跟着那辆车。"

"嗯？跟车？"棉花糖驾驶员发出惊讶的声音。

话音刚落，一辆黑色商务车出现在停车场出口，应该是刚转出来。

"就是那辆车。"绵矢诩在后座伸手指道。他伸出食指使劲往前一指，结果指尖撞上了驾驶座旁边的透明防护板，他发出了一声怪叫。

"你没事吧？"驾驶员忍着笑，发动了车子，"是偷偷跟着吗？"

"啊？"

"我是偷偷跟在那辆普瑞维亚后面，别被发现呢，还是只要简单跟着车就行？"

"别被发现。"

绵矢诩回答完后，想起上初中时，常盘两兄弟中也不知是谁曾经问他："如果将来打车时驾驶员问你话，该怎么办？"那时候，他认为自己活着不用跟任何人交流，并且坚信这样可以生存下去。当然那句话可能也没给自己带来什么影响，如今他每天都要跟妻子讲话，跟客人闲聊，甚至跟出租车驾驶员交流也毫无障碍。绵矢诩觉得，自己真是走上了跟当初设想的完全不同的人生路。

跟踪普瑞维亚的事情交给驾驶员，绵矢诩终于可以松一口气了。

该不该报警呢？他掏出手机犯起愁来，一直犹豫不定。

他看见了有人倒在普瑞维亚车内，但那只是瞬间的事情，他又没有自信判断所见是否属实。那些血迹！他想着，赶紧斜斜地跷起脚来检查鞋底。可由于已经沾上了土，所以也弄不清那究竟是不是血了。

没有更明确的证据,警方也不会出动。

"到住宅区里了。"大约二十分钟后,棉花糖驾驶员小声嘟哝道。

"这是哪里呀?"

驾驶员说了一个住宅区的名称。

☆

普瑞维亚停在了一个大宅子前面,出租车则往前开了好长一段才停下。绵矢诩已经事先付过车钱,所以下车还算比较利索。他看到那栋宅子车库的卷帘门正打开着,普瑞维亚开进了车库。

那个人住在这里?

离入夜还早,可街道上很安静。绵矢诩感到一阵紧张,仿佛这里的每一栋楼都在屏气凝神,只等指挥者手里的指挥棒挥起。这应该是由于他本身太紧张不安。

他从这个宅子前走过,卷帘门已经降下关闭了。

这是栋豪宅,有三层。绵矢诩感觉它就像一位身穿名贵西装的高大富翁。可是,它的外形算不上精致,反而有些肆意增建的笨重感,所以相较于家世显赫的贵族,它更像一个不修边幅、只顾敛财、一夜暴富的土豪。

常盘优我被带进这里了吗？

该怎么办？

他不能总站在人家门口，所以先佯装路过，然后再绕回来。

是该按门铃呢，还是现在就报警呢？

绵矢诩没觉得自己犹豫了很久，实际上他可能也只是傻站了一会儿。当他再次从豪宅门口路过时，背后响起了发动机的声音，车库的卷帘门打开了。

绵矢诩强忍住撒腿就跑的冲动。

普瑞维亚又出来了。绵矢诩感觉背后有一头食肉的猛兽正悄无声息地走过来。他做出若无其事的样子，等它远去。

他想过在卷帘门完全关闭前冲进车库，但这有可能被普瑞维亚车里的人透过后视镜看到，所以放弃了。

绵矢诩抬头仰望着那栋墙壁雪白的豪宅。他感觉自己正面对着一个白色巨人。

他按下门旁边的门铃。

里面没有反应，过了一会儿，他再次按铃，仍然寂静无声。

绵矢诩掏出手机，他已经决定了要如何做。

"怎么样？"妻子绵矢理美很快接起电话。

绵矢诩告诉妻子自己现在的方位、住宅区的名称。

"要干活儿？"

"也不是……唉，也算是干活儿吧。我想让你替我把工具送来。"

"现在吗？那店里可就没人了。"绵矢理美话说到一半又改口道，"咳，算啦，有些时候是难免的。"

妻子的当机立断让绵矢诩感动。她以前做事反应就很快，属于那种随机应变的性格。自从肚子里有了小宝宝，这些特征似乎更加鲜明了。她开始越发爽快干脆，简直令人怀疑这是不是胎儿在指挥着呢。

这种爽快似乎对她的驾驶水平也产生了影响。绵矢诩打完电话就来到住宅区内的一个公园里。这真是个奢侈的公园，这么宽敞，却很少看见人影。他就等在那里，感觉还没等多长时间呢，一辆黄色铃木北斗星就栽跟头似的急停在了旁边。

绵矢诩朝北斗星跑去。

妻子从驾驶座上下来。

"久等啦。"

"注意安全驾驶。"

绵矢诩叹着气，探身从后座拽出一个登山包。

他谢过妻子后，要她先回商店里去。

绵矢诩再次朝刚才那栋三层住宅走去。

可能是因为手上有了工具吧，绵矢诩心情轻松了不少。接下来要干的事情就是自己的老本行了,"专家意识"开始凌驾于刚才焦躁又困惑的情绪之上。

他检查了四周,推开前院的门。这道门没有上锁,与其偷偷摸摸,还不如大摇大摆地走进去,这样才不会使人生疑。

庭院里几乎没什么植物。可能种过针叶树、野茉莉什么的,不知什么时候都没有了,显得很简洁。

绵矢诩从院门径直走到房门前,放下登山包,看了一下锁孔后,从包里取出工具。他将一个小锥子一样的工具插进锁孔,咔嗒咔嗒地转动着。

过了一会儿,他收起工具,重新背好包,从门前走开。这个锁想直接撬开有难度,现在不能浪费太多时间,所以他决定使用更为便捷的方法。

绵矢诩走到背面找到镶着玻璃的后门,拿起一个大马克杯一样的东西,将杯口贴在玻璃上。

马克杯上连着一些线,他将这些线接到另一个机器上。那东西好像一个空调遥控器,他慢慢旋转着上面的旋钮。

玻璃裂开的声音、碎片落地的声音响起,绵矢诩拿开杯口,玻璃已经被割出一个圆形缺口。有用三角切割刀裁玻璃的,也有用喷枪热切割的,但绵矢诩更喜欢自己制作的这个马克杯工具。

他顺着玻璃上的洞口伸手进去将门锁打开,门随即敞开了。进屋后他本打算脱鞋,但又放弃了,强压下心中因穿鞋进别人家的歉意,进了里屋。

有一瞬间,绵矢诩甚至以为这是栋空房子,因为里面几乎没有家具,空荡荡的,全然没有生活气息。客厅往里是厨房,旁边摆着一台白色冰箱。他轻轻走着,注意尽量不在地板上留下污迹。

他很快找到一扇可疑的门,门在房间深处,旁边有一个用来输入密码的面板。看来这里是无关人员禁止入内的场所了。

绵矢诩伸手摸了摸,面板随即有了反应,亮了起来。他决定还是不要胡乱输入数字为好。

他查了查面板的制造商和型号,又伸手摸着门上的把手,检查门锁的形状。

他觉得有胜算,于是拿起马克杯形状的工具,贴上面板,转动起连接着马克杯的工具上的旋钮。他聚精会神,那表情好像正用听诊器检查患者的肚子。不一会儿,面板有了动静,仿佛它内部的电路系统喊了一声"投降"。

声音、赫兹、舒马赫,绵矢诩的脑海里闪过这些连文字游戏都算不上的文字。

他转动把手,门开了。他正准备进去,发现里面一片漆黑,于是赶忙在墙上一通乱摸,寻找照明开关。

如果没开灯,可能他早已经摔下去了。因为门背后就是通往地下的台阶。

每下一级台阶,绵矢诩心底就有一种再也无法生还的恐怖感,脑海里出现了妻子抚摩大肚子的画面,于是赶紧回退一级。过了一会儿,他再次往下走。如此循环往复。

地下的房间非常明亮,地板类似于医院里用的那种有弹性的地板,雪白雪白的,就像在闪着光。墙也是白色的。

绵矢诩以为这是健身房,室内也确实摆着一些器具,看上去像是用来健身的。这是刚才驾驶普瑞维亚的那个人用来运动的房间吗?

每走一步,黏黏的鞋底就发出声响,只是绵矢诩已经顾不上听了。

他走到一块由挺结实的框架包围的区域,那里摆着一张长椅。椅身的架子上挂着杠铃,最上面还有一根横杆,应该可以承受一个人的重量。

他靠近长椅,发现椅面上有泛黑的红色污渍,同样的污渍在地上也有。再一看杠铃的铁饼,也有污渍,像是血迹。

绵矢诩感觉房间一下子变得阴暗、狭窄了。

他回头看下来时的台阶,一阵寒意从背后袭来,仿佛自己将被困在这里。

长椅旁边有一个储物柜,绵矢诩将其打开。

一个大件行李顺势倒了出来,定睛一看,居然是个人,绵矢诩慌忙扶住。那个人的双手被胶带绑在了身后。

绵矢诩大吃一惊,强忍住撒开胶带的冲动,将那人缓缓地放倒在地。他头上套着一个袋子,绵矢诩连撕带拽地扯了下来。

那人露出了脸,他的头发已经湿了大半,而且黏糊糊的,绵矢诩很是惊慌。那人头上全是血,就像泼了油画颜料。

绵矢诩觉得激烈摇晃对方可能也不大好,便呼喊道:"常盘、常盘!"见对方毫无反应,他又将手伸到鼻子附近检查是否还有呼吸。过了一会儿,常盘优我身子一抖,然后表情痛苦地睁开了眼睛。

闲话休提。

☆

我的头很不舒服,视野也十分狭窄,感觉好像有一只透明的手按住了我的头部。我意识到,是我自己睁开了眼睛,才让光亮照进了那一片黑暗中。

一张人脸闯进我的视线,我没有立刻认出那是谁。"是风我吗?"我问道。虽然我知道他不可能在这里,但能在这个时候来救我的,除了风我,我再也想不到别人。

"常盘。"对方叫我。

"谁?"

炫目的光仿佛扎进了眼睛一样。"风我?"

"是我呀,我。"

"我?"

"绵矢……脏棉球呀。"

"脏棉球!"——这真是个令人怀念的名字。我转动着脑海里已经完全停滞的齿轮。难道是因为我的头破了个洞,使得过去的记忆全部不受控制地出现在我眼前了吗?

我一点点地习惯了刺眼的光亮,看见一个男人正把我抱在怀里。

我起身,一阵头痛欲裂,让人禁不住想要抱怨。我想起来自己在餐厅停车场被打了。

"这里是……"

"你被人用车带到了这里。"

我坐在地上注视着对方,发现他确实和脏棉球长得一样。

"还真是脏棉球呀。"

"后来,其实我在餐厅都看见了。"

"后来?"

"你到我店里来过之后……"

"哦,"因剧痛而反应迟钝的大脑逐渐开始运转了,"所以,你就来救我了?"

"打车来的。"

"这里是……"我又问了一次。房间很宽敞,摆着一些健身器具,有储物柜,还有好像拳击手用的那种练习挥拳的器材。

脏棉球说出了街道的名称："这可是个豪宅。"

"那人去哪儿了？"高杉去哪儿了？铁锤挥下时的动作再次重现。同时，我感到头痛欲裂，整个人从里到外都在发抖。现在我的头还在痛，但这种疼痛跟当初被打时又不一样。

"那个人开车走了，我就趁机进来了。"

"你是怎么进来的？"

这里不可能没上锁。不知是不是耳朵也受伤了，脏棉球的话我听不大清，只感觉他好像在说舒马赫什么的。

"你这伤是怎么回事？"脏棉球的衣服被染红了。过了一会儿我才意识到，其实那是自己流的血。

我弯起膝盖，慢慢地起身。没把握好平衡，差点摔倒，还好我勉强站住了。疼痛使我两眼发花，眼前忽明忽暗。

脏棉球上前来打算扶住我。

"没事。"我说着，在屋内走了起来。墙壁、地板和天花板全是白色的，但给人的感觉既不整洁也不清爽。我看出来了，就是这里。

"就是这里？什么呀？"

"难道我的想法全顺着头上的洞漏出来了？"这话一半是开玩笑，一半是真话。那些话我没打算说，却很自然地说出了口。

房间的角落里有白色的箱子。所有东西都是白色的，感觉真别扭。我走到箱子旁,看到里面塞的是垃圾袋。每当身体有动作,头就一跳一跳地疼痛,可是我的感觉神经已经有些麻木了。

就在我拎起垃圾袋的瞬间,我发出了声音。"啊"的一声沉吟过后,我很快用手指扯开了塑料袋。

脏棉球似乎很震惊,我还是将从塑料袋里拽出来的东西拿到他的面前。"还记得这个吗?"

那是我曾经犯下的罪过。严格来说,或许称不上罪过,它代表了我的负罪感。

一个北极熊玩偶。它大约有篮球那么大吧,有点脏了,最显眼的是玩偶的头部和肩部都是黑红色的。

脏棉球也"啊"了一声,茫然地盯着它:"这……"

"可能因为新闻上报道了,他怕出意外,所以打算扔掉吧。"

"新闻?出意外?你说什么呢?"

我站到脏棉球对面,把玩偶举到他眼前道:"这个你记得吧?"

如果当时脏棉球做出对此并无印象的反应,我会怎么想呢?会失望吗?还是说会松一口气,觉得其实那并不是什么大不了的事呢?事实是,脏棉球面色凝重地点了点头。"是那一次的。"

"没错,就是这个。"我没想到,居然还能再次见到这个玩偶。我努力让自己保持冷静，继续道："最近有一条新闻，说市里有个小学生被人违法监禁了。"

脏棉球瞪大了眼睛，表情依旧茫然，轻轻点了一下头。

"那个小学生好像说过一句话，他被监禁的地方，有一个浑身是血的小玩偶。"

"他所说的……"

"就是这个。而监禁地点，就是这里。"

"常盘，你之前究竟打算干什么？"

"也就是说，刚才那个人就是凶手。"

"凶手？"

"他撞死了曾经拿着这个玩偶的小学生，而且，现在也还在外面绑架小学生。"

两年前他杀死过一个孩子，前不久差点再次犯案。两年前，小晴田所在的学校里的孩子被害，同时还有其他孩子失踪了。他一定还有其他罪行，只不过没有被揭露而已。今天当我第一眼看见高杉时，这种想法就十分强烈。

在那个人身上看不到常人的情感，他欠缺善良和道德。更可怕的是，哪怕被绑架的男孩已经从他手上逃脱，并且已经被报道出来了，也根本看不出他有任何焦躁和危机感。他活到今天，或许从未顾虑过什么得失，他已经放弃了权衡什么风险和利益。

说到底,一开始他撞死那个小女孩并逃逸,就未考虑过后果。他只不过是遵从自己的欲望、喜好和猎奇心理,而对小女孩施暴。两年前,他草率地将尸体遗弃在广濑川边,自己仍然活得好好的。这里面当然少不了父母的帮助和律师的出力,除此之外,或许他还有着极强的运势。

常说恶人反倒得势,放在他这里,就是不知悔改的杀人犯却得了势。

"那次肇事逃逸的凶手,好像很快就落网了吧?"

"当时他才十五岁,还未成年,之后很快就回归社会了,更换了姓名,继续活跃。"

"活跃?"

"两年前,有人在市内发现了一具小学生的遗体。就在最近,失踪了的小学生从被监禁的地方逃了回来。"

"那说明了……"脏棉球的眉头紧皱,"他不知悔过?"

"吸取过去的失败教训,让自己下一次做得更好,他倒是可能这样反思过。"

"这究竟……"

"这里应该就是监禁小学生的地方了,因为那孩子提到了玩偶。"

"刚才那个男的就是凶手?"

脏棉球难以置信,同一件事情反复问了好多遍。见我满头鲜血,他也露出痛苦的表情。那个人用锤子砸我,然后绑住我,把我带到了这里。脏棉球也只能承认,那个人可不是什么好人。

"总之,我们先出去吧。"脏棉球道,"你能走路吗?"

"没问题。"我嘴上答着,脑子却已经不清醒了。

"哦,电话。"脏棉球开始摆弄起手机,"这事得报警。"

我稀里糊涂地在口袋里找了起来。我的手机上哪儿去了呢?然后我又想,如果我是高杉,一定会屏蔽掉这间屋子里的手机信号。

果然,脏棉球开口道:"打不通。得先出去才能打。"

正往台阶处走时,我发现地板上有一个四边形的痕迹。那一区域略微发黑,有些下陷,好像上面长时间摆放过什么沉重的家具。起初我以为,曾经有什么巨大的物品一直摆放在房屋中间,可是边看边琢磨,那不碍事吗?突然,曾经的一个画面瞬间出现在脑海里,很快又消失不见。

是水箱。

我想起跟那个四边形的形状恰好吻合的台子,还有台子上纵深很大的玻璃水箱。我再看向旁边的墙壁,当初那些用来排水的管道,应该是从台子上伸出来接在墙壁上的。

这里是当初那个地下室,是当初那栋房子。

我只来过一次,而且只有一个小时,可它已深深地刻印在我记忆里，直到如今还能想起许多。我当然不可能忘记。

"是小玉家。"

"嗯？"

跟脏棉球说也没用。这是小玉的叔叔过去居住的房子。

这是巧合？

我思考着，然后意识到这并非巧合。高杉在尚未成年时犯案，当然那时候他还不叫这个名字，而使他成功回归社会的最佳选手，本场比赛的MVP，那个律师，正是来观看小玉叔叔举办的演出的熟客。

在小玉的叔叔进了护理站后，这栋房子的出售事宜很可能委任给了律师。虽然这是栋豪宅，但建筑本身的品位并算不上好，一时间找不到买家，于是律师把它卖给了还欠着自己人情的高杉的父母。而高杉本人也可能觉得这里刚好可以作为他的秘密基地，于是就充分发挥了它的功能。事情的大致经过应该就是这样。

"常盘，你一直知道刚才那个人就是凶手吗？"

"我觉得他可疑，想要得到确凿的证据。"

"所以故意让他抓住你？"

"我只是想约他见面谈一谈，试探一下他是不是凶手。本来准备在会面结束后偷偷跟踪他的车。"

计划全乱了。原定方案作废，我为了做出应对和调整，也有些着急。我一直有所戒备,不过最终还是被对方带进了停车场。如果没有脏棉球,我现在可能已经因为出血严重而身处险境了。

"我们快上去,打电话报警。"脏棉球像是在说给自己听,随后他走上了与墙壁相连的台阶。我与他稍微隔开些距离,跟在他身后。就快到达一楼那扇门的时候,脏棉球停了下来。"我把这屋子拍下来,说不定能当证据。"说着他拿出手机就要拍照,此时的角度可以俯视整个地下室。

就在那时候,门开了。

我一惊,赶忙转过头去,发现是高杉站在门前,手里还握着一根拐杖似的东西。那是猎枪。他迅速端起枪,毫不犹豫地发射了。枪声在楼道内四处乱撞,不停回响着。

脏棉球倒了下去,我当然也被他撞倒了,两个人就这样顺着台阶滚了下去。鲜血从脏棉球的体内流淌而出,那血红的颜色仿佛润湿了我的视野。我的体内就像被钉进了许多楔子,剧烈的疼痛在周身漫游着。

☆

我跌回到地下室,抱着头,不停地呻吟着,等待着疼痛消失。我的手指染上了血,被锤子敲开的伤口一直没有得到治疗，疼痛当然也无法消失。我有些害怕，难道这种感觉会永远持续下去？可能我的神经已经放弃了挣扎，趋于麻痹了吧，渐渐地，我感觉疼痛有所缓解了。

前方出现了一个人影。是高杉，他站在我面前。

右前方，脏棉球蹲坐在墙边。我很想知道他被打中了哪里，伤情如何。

脏棉球为什么会出现在这里？我仍然不是很明白。我和他多久没见了？初中毕业以后就没见过了吧？

那他为什么要来救我呢？

不管原委如何，毫无疑问他是无辜的。他只不过是专程来救我，没有理由要为此承受伤害，遭受枪击就更不应该了。

被迫将玩偶抱在怀里的小女孩，在房间内被那个人侵犯的晴子，被困在车内的小晴田，我看见了他们。我不想继续连累其他人，绝对不可以。

高杉手持猎枪，但并未举起。或许因为此时我和脏棉球都无法行动了，他感觉不到有任何威胁。

"你又是谁？从哪儿冒出来的？"

高杉不耐烦地抱怨，抬脚踩在背靠着墙的脏棉球身上。可能是被踩中了伤口，脏棉球发出了痛苦的喊叫声。

"瞧你叫得跟鸭子似的，"高杉道，"再叫大声点，再叫……"他说着脚上又继续发力。

"你从哪儿冒出来的？居然还弄坏了我的锁。可惜这里的警戒一旦遭到破坏，我就会收到通知哦。我回来就有你好受的了。"高杉举起了枪，他以十分熟练的动作将枪口指向脏棉球。

脏棉球惊慌失措，几乎是口吐白沫了，他伸出手挡在面前。

"你还想拿手挡子弹呢？"高杉忍不住笑了，立即伸手从屁股口袋里掏出手机，"你等等，我给你录下来。"

他放下枪，转而举起手机开始录像。

脏棉球似乎并未理解对方此时的举动，又或者其实他是知道的，他以一种接近下跪的姿势，低下了头。"我的孩子就快出生了，求你放过我吧。"他声泪俱下地跪在地上，侧腹部正在出血。

我用手扶着膝盖，坐起身来。

"这视频多有意思。"高杉拿手机对着脏棉球走近了两步。

他正背对着我。

那个人，他就在那里，用脚踹着我和风我，把本该属于我和风我的人生踢得无影无踪。我们的父亲，他和高杉的身影重叠在了一起。然后还有小玉的叔叔。这世上有一种人，他们剥夺无力反抗者的尊严，仿佛那些只是脚后跟上的死皮，对此不以为意。

这一事实只能选择承认，可对于他们，我们也无须再忍耐了。

我一转头，发现了地上的玩偶，我伸手将它拽到身边。这个玩偶和我的负罪意识融在一起，一直存在于我的心里。我想到死去的小女孩。她很痛吧？很害怕吧？

脑袋里全是愤怒，同时还有一个冷静的自己，他明白"我无法弥补任何事情"。

不管我做什么，那孩子已经不会再回来了。就好像践踏蹂躏我们的那个人死于车祸时，我们的人生也随之一去不返了。

我想狠狠地咒骂。

面对一件明知无法弥补的事情，却要拼命到这个地步，我真是傻啊。

还有失落。

但眼前这样一个人，我也不打算让他任意妄为。

我在玩偶里寻找着，很快就找到了它。一切都还是初中时记忆里的样子，我用右手的手指捏着它拔了出来。

是钉子。

那颗钉子仿佛要堵住什么似的插在玩偶身上，它一直都在那里。

我鼓舞着身体内的每一个细胞，鞭打着自己，站起了身。我知道，现在正是机会。

要让他吃我一击，我想。只要我能将钉子扎进他的身体，就能使他停止动作。

高杉转过身来。

猎枪对准了我,我连咂舌的机会都没有了。一声巨大的枪响之后,我的腿燃烧了。一股热流涌出,我感觉大腿好像飞了出去。

我的左腿被击中了,我感觉到了疼痛。因为头痛,体内的警报一直没有停过,现在只不过是又混入了一个新的警铃而已。剧烈的疼痛,再加上另一阵剧烈的疼痛,又能改变什么呢?

高杉拾起手机。他忽然向我开枪,所以手机掉到地上了。

我喘不过气来,呼吸急促,胸口剧烈起伏。

"听我说,如果我们在这里出事,你会有麻烦的。"事到如今,脏棉球还试图寻找活路。

了不起。我在心里感慨着,向脏棉球蠕动。大腿上汩汩流淌的鲜血,是我生命沙漏里坠落的细沙。它们将化作虚空,永不回还。每一个人、每一个生物都是一样。生来抱在怀里的沙漏,现在已经开始流沙,待尽数流干,一切也就走到了尽头。

我的沙漏加快了它的速度。

"麻烦是会有的,但总有办法。"高杉说,"到现在为止,都是这样。只要别着急,尸体可以慢慢处理,再不行就随手一扔,有时这样反而效果更好。"

果然,他的罪恶不只浮出水面的那些。因高杉而惨遭折磨却不为人知的受害者还有许多。

高杉看着我在地上一点点地爬向脏棉球,狠狠地踹了我一脚。疼痛的光让我的大脑一片雪白。

我翻滚着,与其竭力挣扎,还不如这样来得好受些。最终,我来到了脏棉球身边。

"对不起。"

我对他说,脏棉球仍然保持着下跪的姿势。他还有意识,但已经因为恐惧而陷入恐慌状态。"嘿、嘿!"我叫他,"脏棉球,嘿!"终于,他哭丧着脸看向我。

"脏棉球,对不起。"再怎么道歉也不足以表达我的歉意。

高杉大笑,他在我面前如此暴露真情实感,或许是头一次。枪又响了,我已经不知道被打中了哪里,全身剧烈地疼痛着,同时,又什么都感觉不到。只不过我确定,这下子我算完了。

我翻了个身仰面躺在地上,看着面前的高杉。

"高杉先生,对不起。"我说道。对高杉说出的这些话已经近似轻声耳语。

"都这个时候了,你还跟我道什么歉?"

"因为我说谎了。"

"什么谎?"

这时,我竭力动了动脸,朝着脏棉球的方向努了努嘴。我无法调节自己的声音，或者说，我只能发出微弱的声音了："脏棉球，你听着，要来了。"

"要来了？什么东西？"

"风我。"

"风我？"脏棉球一脸茫然。

"他就要来了，然后……"我抬起自己的右臂。

高杉道："哼，嘀嘀咕咕说什么呢？"他又摆弄起手机来，"看我这里，说两句感想吧？临终的。"一直以来，他一定就是这样让那些受害人讲话，然后录下来。

"那是假话。"

我在餐厅里跟高杉说的话，除了高杉自己所犯的罪之外，主要有两处谎言。

首先，风我并没有死。关于这一点，我说的时候不管谁听了，可能都会发现那是谎言。两年前，他骑摩托遭遇事故，被抬到医院是事实，但并未丧命。在那之后的一年里，他都在医院复健，现在和小玉两个人在东京过着平凡的生活。

另一个——"生日其实是今天。"我说着，看了看手腕上的表。

"生日？你说什么呢？"

我能感到全身的皮肤开始发麻、发抖。在家里试图帮助隔壁正在挨揍的风我，而给全身涂满色拉油的时候；在语文课上盯着黑板的时候；还有看着小玉落入水箱在溺亡边缘挣扎的时候——那时候正是在这个房间里——我摆出事先跟风我商量好的类似啦啦队姿势的时候……关于"那个瞬间"的过去种种都从我脑海中闪过。

"风我来了。"我再次对脏棉球说。

"来？从哪儿来？"

"从意料之外又之外的地方。"

"不好意思啊，"就在沙漏里最后几粒沙将要落下的瞬间，我以高杉能够听见的音量挤出了这句话，"我弟弟比我矫健多了。"

☆

风我出现在这个房间后，先有一瞬间的惊异，但立即敏锐地移动视线，试图弄清眼前的状况。迄今为止，那么多次生日的经验，应该已经让他习惯了出现在未知场所。只是，当他发现倒地的我出现在视野里，一定会有所动摇。

通常，他传送到的地方里并没有我。反过来也是一样，我传送到风我所在的地方，那里则已经没有风我了。所谓位置对换，也就是这么回事。

我想起了曾经和风我的一段对话。

"优我,如果我们当中一个死了会怎么样?"

"什么怎么样?"

"生日时的那个呀,对调位置。"

"那,应该也没有了吧。"如若不然,当我们其中一人已经进了坟墓,另一个还得每隔两小时传送到墓地下边。当时只是玩笑话,事实应该也如此。

"确实。"风我笑了,"反过来说,除非我俩有谁死了,否则这事儿就会一直继续下去。"

也就是说,这是最后一次了。它可能正好赶上了我断气的时候。风我来到了我身边,我却没有走,所以我俩在一起了。

风我低头看着即将死去的我,震惊了。

现在可不是吃惊的时候呀。

风我注意到地上的我的右手。

最后的最后,我拼尽全力,动了动手。本来我想告诉脏棉球,"等风我来了,你替我给他做出这个手势",但时间已经来不及了。

握紧拳头,竖起大拇指。我垂落在地的手最终摆成了这个姿势。本来,我还想挥一挥手的。

"剩下的就交给你了。"

我留下来的手指姿势这样告诉风我。

"嗯。接下来靠你了。"

风我极力地集中精神，将近乎散乱的心绪狠狠地集中在一起。

　　如果一切顺利的话——我想象着，如果我还活着，现在就不会在这里，而是传送到了风我之前所在的地方。那应该是东北新干线的列车上。两个小时前，我也曾坐在那里。如果不是停电导致临时停运，如果修复作业能更早完成，那么事情一定会发展成另一个样子。

　　如果那趟列车按照原定时刻抵达仙台，风我就能顺利取到已经租好的车，按原计划赶往餐厅附近伺机而动。如果是那样，哪怕我被高杉带走，他也一定会赶来救我。我们本打算在仙台暗地跟踪高杉的。

　　如果他昨天提前来仙台就好了。

　　事到如今，我还是这样觉得。

　　"从东京到仙台，都用不了两个小时。当天提前坐早一点的班车，时间足够了。"我们设计方案时风我这样说道。

　　"可万一有什么情况……"

　　"优我，你想太多啦。担心那些，让我提前到了又能干吗？主要现在对小玉来说很重要，如果可以的话，我想尽量在家。"

　　"唉。"我的声音变小了。小玉查出身孕大约是在两个月前。目前孕吐不那么严重，但小玉第一次经历这样的事，似乎很是神经质，一旦独处，情绪就难以稳定，这我也理解。这对我来说，是一种只能妄自揣测而一无所知的领域，所以风我那样说我也无法反驳。

"所以，我还是当天动身去仙台。我一定会赶在你和高杉碰面之前到那里。我会好好在餐厅附近等着，只要没有发生什么重大意外就行。"

可是呢，结果是，新干线遇上了预想之外的麻烦。

高杉明显感到十分疑惑。

站在他面前的人，竟然跟刚才倒在地上处于濒死状态——其实现在已经没命了——的我有着完全一样的长相。

他一定无法理解。

"风我，机会来喽。"我向风我呼喊。从以前开始我们就谙熟于心的出其不意打击对手的那个时机就要来到了。就在对方左右观察天使与恶魔的瞬间。不过这一次不是天使与恶魔，而是生者与死者。

高杉看了看面前的风我，然后立刻望向倒在地上的我。哎呀？他控制不住自己想去看我的冲动。我仍然倒在地上，我真想跟他打个招呼。

那这个又是谁？他再次将视线移回到风我身上。

看，露出破绽了吧。

风我当然不会错失机会，他举起了手里的东西。

看见被风我双手高高举起的我的保龄球包时，我忍不住苦笑了一下。我传送到那边时手上还拿着那个球包，不得不说这已经失败了，结果再传送回仙台时又忘了把它带回来。

风我坐在那边的座位上时，肯定注意到了那个装着保龄球的包，料想到那是我落下的。

风我带着它来到了这里，也不知是不经意间的，还是真打算将其当作武器。

高杉茫然地仰望着头顶上那个包。

可能他以为那只是一个包吧。

我感觉挺过意不去的。

里面可是一个十四磅重的保龄球啊。

一声沉沉的闷响。高杉慌忙中试图闪避，保龄球包没有砸中他的头，而是砸中了肩膀。

高杉的表情扭曲了。

风我没有停手，他再次高举起球包，这一次是双手都伸得笔直，高高举起，然后气势十足地砸了下去。

看起来好痛啊，我背过了脸。其实我觉得挺解气，不过还是选择谨慎克制。这点常识我还是有的。

十四磅的保龄球包漂亮而精准地砸中了高杉的右脚，他整只脚仿佛应声陷进了地下。

到此为止，高杉几乎已经完全无法行动了。风我可能在拼命压抑情绪吧，所以看上去神情冷漠。这就对了，我松了口气。不可以失去理智。

风我骑在因脚部受损而陷入停滞状态的高杉身上，又揍了他几下。

"别要了他的命。别做得太过火。"我的呼喊他听到了没有呢？如果不慎在这里杀死高杉，风我也将成为凶手。

很快，风我脱下自己的衬衫，将已无法动弹的高杉的双手绑起来，拖到健身长椅那里捆了起来。

然后，他朝倒在地上的我冲过来。

唉，我这边已经来不及了。你替我照顾脏棉球吧。

风我走近脏棉球，检查他的枪伤。

"这到底是……"脏棉球浑身发抖。

"没事的，你还有救。"风我的语气笃定。

他又不是医生。

或许他只是打算鼓舞对方吧。

"替我谢谢脏棉球吧，我们多亏了他。"

"谢谢。"风我说道，"我马上去报警。本来我不想连累你的，对不起。"

"你是风我？"

"是。在你店里时其实我撒谎了，因为当时我得假装是优我。"

"什么？"

风我掏出手机发现没有信号，于是往楼上走去。地下室里只剩下了脏棉球。准确来说，还有捆在长椅上的高杉，还有我。脏棉球的伤当然很严重，只是跟我比起来应该好多了。虽然中了枪还在出血，但正如风我毫无根据的判断所说，那似乎并非致命伤。

脏棉球很惊惶，他怕高杉还会有所行动。风我打开楼上的门，一边说着"救护车马上就来，还有警察"，一边往下走时，那动静几乎把他吓得蹦了起来，着实好笑。

风我笑了："你那么胆小吗？"

救护车和警车来得比料想的还快。大量的警方人员如雪崩般冲入地下室，将我们围在当中。当时来的人真是多啊。脏棉球接受了紧急治疗后被人用担架抬了出去，我则被盖上白布，跟在后面。

☆

风我坐在长椅上暗自打量着站在几米外的一名男子。他大概初中生模样,是不是该称为少年比较好呢?这里是宫城县政府西南方向的勾当台公园,站在圆形花坛边的少年从刚才开始就一直在偷偷瞟着风我。

"一直到昨天都还在下雨。"风我等人抵达仙台,坐上出租车后,司机这样说道,"今天大变脸,放晴啦。"

温暖的阳光照射着公园,照着绿枝伸展的雪松,照着地面上白色的鹅卵石,照着青铜色的雕像,打磨着它们,让它们明朗光亮。风我转头望向北边,想看看带着孩子去了卫生间的小玉有没有回来。似乎暂时还没有。

三年前那件事情过后,风我等人受到了关注。绑架、监禁小学生并将其杀害的高杉显然尚有其他罪行。他过去曾无证驾驶并肇事逃逸，更名改姓后在东京某电视节目制作公司工作，同时将仙台室内某独栋楼房的地下室作为监禁场所，而在那里发现的另两名二十几岁的男性，一人死亡，一人遭受枪击重伤，事情经过至今不详。这些事情都成了各种专题节目和娱乐杂志的大好素材。

双胞胎哥哥丧生，小玉又即将生产，风我实在太疲惫了。面对媒体的穷追不舍，他做出过激反应。最终，舆论替我保护了风我和脏棉球。他们为凶手落网做出了贡献，身心又受到了重大摧残，应该给他们一定的空间，不要去打扰他们——原本微弱的声援慢慢扩散开来，最终让风我从该事件中解脱出来。

"不好意思……"

风我听到有人对他说话，于是抬起头，发现刚才的那个少年站在了他面前。他何时走过来的？看上去像是有话非说不可。"您是常盘先生吗？"

风我板起了脸，似是心有戒备。那个事件过后的各种报道给他带来了他并不想要的知名度，虽还不到艺人的地步，可即便只是走在街上，也常常有人来跟他打招呼。有那么一段时间，无用的同情、夸张的赞美、寻衅的批判都接连往他身上砸。

"我看新闻了。"初中生道。

可能觉得对一名少年态度过于冷漠不大好，风我不再无视对方，而是应道："嗯。你好。"不过他的态度像是在说，他并不想继续这段对话。

少年并未离开，而是继续说道："原来你们是双胞胎呀。"

关于那个事件的报道里，他们用常盘优我、常盘风我的实名介绍了我们，还特别强调了我们是双胞胎。少年可能是由此得知的吧。

"嗯。"风我应道，再次朝卫生间那边看了一眼。很明显，他打算等小玉和孩子一回来就离开这里。

"那个，我……"少年似是下定了决心，咽了一口唾沫。在同一时刻，我明白了他究竟是谁。

"常盘哥哥，以前经常带我玩儿。"

是小晴田。五年过去了，他已经成熟了许多，但仍有着过去的影子。

"哦——"风我的表情终于开朗起来，伸手指着少年。

拿手指别人不礼貌，最好别这样。

"那什么，是小晴田吧？"

"嗯，对。"少年也神情爽快地点了点头。

"我听优我说过。你妈妈是晴子。"

"我们看新闻才知道的。常盘哥哥……"

"对不起。"

"嗯？"

"我想，优我本来是想跟你道歉的。因为我们，你们受委屈了。"风我从长椅上起身，低下头去。

少年有些不知所措。他因为那个人而遭受了恐怖的经历，这是事实。"请不要放在心上。"他嘴上这样说，心里却不可能已经完全放下了那件事。不过，他没有在此继续责问风我，或许证明他也在一定程度上能安然面对了。

"是常盘哥哥保护了我们。"

"保护？为什么？"

应该说没能保护你们才对。

"是妈妈说的。在看到新闻的时候。"

晴子说了些什么呢？

具体的内容，少年似乎并未打算详述。这种时候，风我难道不应该厚着脸皮追问下去吗？他真是一点都靠不住。

"哎，"风我看了一眼手表，向前伸出掌心道，"你等一下。"

小晴田一愣，他不知风我为何如此，有些胆怯。

风我专注地盯着手表，已经过了下午两点了。更准确些说，快到两点十分了。

"今天是我们的生日。"风我道。也是忌日。所以他们才来到了仙台。风我补充的这些话，仍让小晴田一脸茫然。"这三年来，那个没再发生过，我实在不信它还会发生。"

"你指的是什么呀？"

"两分钟后，你可以再重新自我介绍一遍吗？"

"啊？"

"估计，优我也不能一下子反应过来你是谁。"

他说话间，时间仍在继续向前走。附近的市政厅大楼上也有时钟，但那是电子钟，无法看到秒数。两点十分时，风我似在全身发力。他一定是在全神贯注地寻找那种皮肤发麻、被薄膜包裹的感觉。

看着风我静静地一动不动，小晴田面露担忧之色。

"你好，我……"小晴田犹犹豫豫地开始做自我介绍，风我却打断了他，"不用了，算啦。还是不行呀——当然不行了。"

就在那时，风我的身后，小玉回来了。"等急了吧？"她一边打着招呼，一边盯着歪歪扭扭地跑在前面的两个女儿，注意不让她们摔倒。

风我站起来，向两个女儿伸出双手。身穿白色上衣和粉色上衣的两个女儿分别来到他的左右两边，抓住他的手。

"小玉，这是小晴田。以前是优我的朋友，那个小男孩儿。"风我介绍道。小玉睁大眼睛，高兴地回应着。她应该也还记得小晴田，不止一次地说："真怀念。"

女儿们抓着风我的手，来回绕起了圈子，发出阵阵欢快的笑声。

风稍微强了些。天空中的云遮住了太阳,公园内变得稍稍暗淡了。并非变天了,我觉得那只不过是为了让岁月静静地倒回到过往的一场幕间休息。

"差不多该走啦。"风我任由两个女儿拽着自己的胳膊,说道。

小晴田郑重地道了别。

"向你母亲问好。"风我替我说道。

"好的。"小晴田答道,看起来很稳重。

他真是长大了不少。

"刚才去卫生间时可真够受的。两个人都说对方的衣服颜色好看,非要对换。"小玉边走边抱怨,"干脆以后就让她俩穿一样的衣服,轻松。"

相貌相同的两个孩子不停地绕着风我转圈。

我看没问题,不过生日那天要小心点。

"衣服一样的话,"风我苦笑道,"万一她们自己对换了都发现不了。"

文治
© wénzhì books

更好的阅读

责任编辑　夏应鹏
特约监制　潘　良　于　北
产品经理　单元皓
特约编辑　灵漠风
版权支持　冷　婷　郎彤童
营销支持　金　颖
装帧设计　尚燕平

关注我们

官方微博：@文治图书
官方豆瓣：文治图书
联系我们：wenzhibooks@xiron.net.cn

图书在版编目（CIP）数据

双子星 /（日）伊坂幸太郎著；代珂译 . —北京：北京联合出版公司，2020.7（2020.8重印）
ISBN 978-7-5596-3729-1

Ⅰ .①双… Ⅱ .①伊… ②代… Ⅲ .①长篇小说—日本—现代 Ⅳ .① I313.45

中国版本图书馆 CIP 数据核字（2020）第 061893 号

Fuga wa Yuga by Kotaro Isaka
Copyright © 2018 Kotaro Isaka/CTB
All rights reserved.
Originally published in Japan by Jitsugyo no Nihon Sha, Ltd.
Chinese (in simplified character only) translation rights reserved by Beijing Xiron Books Co., Ltd. under the license granted by Kotaro Isaka arranged through CTB Inc.

北京市版权局著作权合同登记　图字：01-2020-1369

双子星

作　　者：［日］伊坂幸太郎
译　　者：代　珂
责任编辑：夏应鹏

北京联合出版公司出版
（北京市西城区德外大街 83 号楼 9 层　100088）
天津旭丰源印刷有限公司印刷　新华书店经销
字数 167 千字　　880 毫米 ×1230 毫米　1/32　 8.75 印张
2020 年 7 月第 1 版　 2020 年 8 月第 2 次印刷
ISBN 978-7-5596-3729-1
定价：48.00 元

版权所有，侵权必究
未经许可，不得以任何方式复制或抄袭本书部分或全部内容
本书若有质量问题，请与本公司图书销售中心联系调换。电话：010-82069336